新潮新書

さだまさし
SADA Masashi

本気で言いたいことがある

JN263473

新潮社

本気で言いたいことがある——目次

はじめに――炭坑のカナリア　9

第一部　生命《いのち》の行方《ゆくえ》

第二部　心の在処《ありか》

第三部　情の構造

第五部　時間の秘密

はじめに――炭坑のカナリア

僕は「炭坑のカナリア」でありたいと思っているんです。

と言っても、ピンと来ない人もいるかもしれませんね。石炭の需要は減る一方ですから、今は炭坑も随分減ってしまいました。昔は炭坑に坑夫さんが入って行くとき、先頭の人は必ずカナリアの入った鳥籠をぶら下げたそうです。

なぜ？　炭坑は、山肌や地面を掘って作るわけで、全部地中にあります。地中には「ガス溜まり」みたいなものがあって、有害なガスが溜まっている危険性があるんですね。昨日大丈夫だったからといって、今日も大丈夫とは限らない。ちょっとした地震で地盤が弛んで、どこからかガスが漏れてくる可能性もある。

厄介なことに、ガスは目に見えない。ふっと気が遠くなったときにはもう遅いんですね。だから、カナリアを連れて行く。

カナリアはそういうガスに敏感なんだそうです。人間よりずっと早くガスの影響を受けてしまう。さっきまでピーピー鳴いてたのに急にぐったり黙ってしまったら、それは危険のサインなわけです。人間はその時点で引き返せば生命が助かるのです。

自分はそのカナリアだと思っている。僕たちの仕事はきっとそういう性質のものだと思うのですね。

唄というのは、時代を切り取り、場合によっては風刺するものです。時の為政者から見れば、必ずしも気分のいい唄ばかりじゃないでしょうし、一般の人にとっても、耳触りのいい唄ばかりじゃない。

でも、いいんです。僕は、変だと思ったことをちゃんと「変だ」と問題提起する勇気を失いたくないと思っているし、悲しいかな、今はそういう耳が痛い唄を歌う人が少なくなってしまった。だからこそ、自分がやれることを、という気持ちがあります。

それに、考え方を変えるなら、そういう唄を、僕が自由に、思うように歌えている間は、何のかの言ってもこの国はまだまだ健全だし、大丈夫だということでしょう。

ただ、何らかの理由で――それが見かけ上、どんなに小さなことでも――僕が自由に歌えなくなることがあったら、つまりカナリアが黙ることがあれば、それは危険の合図だと思って下さい。

と、そんなことを、コンサートのときにステージで喋ったりします。

僕は日本が大好きで、こんなに素晴らしい国はないと思っているけれども、今の日本がどうかと聞かれると、残念ながら胸を張って素晴らしいと言える自信がない。どうしてこんなふうになっちゃったのかな、と思います。


本書はそのことを考えるための本です。


僕はずっと自分の唄のテーマとして、「生命」「心」「時間」という三つを掲げて作り、歌ってきたつもりです。

これらは、自分の意志ではどうにもならないものばかりです。

この「不公平な」賜り物について、ずっと「何故?」と問いかけてきた気がします。

不平等を嘆くのではなく、時として「偏って見える」人の運・不運について、どうしてこうなるのだろう、という疑問のようなものを持ち続けてきました。

この本もそれに倣って、「生命」「心」「時間」を、大きなテーマとしてお話をしたいと思っています。そこにもう二つ、目次をご覧いただければお分かりの通り、「情」と「義」という、今の日本を考える上で、欠かせない要素が入って来ます。

今回新書の話をいただいた時、これはいい機会だと思うと同時に、少し迷いもありました。

日本について語るというのは、自分もひっくるめて語るということです。そうなると、「偉そうなことを言ってるけれども、お前自身はどうなんだ」と聞かれたら、「申し訳ありません」と恐れ入って謝るしかないこともある。

でも、今の世の中は、僕の好きな日本とは余りにも違ってきてしまったから、僭越なのを承知で、「こういう危険がある」とか、「もう二度とこの轍を踏んではいけない」と言っておきたいこともあるんですね。

少なくとも、自分の子供たちにはどうしても伝えておきたかった。

『父が子に語る世界歴史』という本があります。これは、後にインドの首相となるジャワーハルラール・ネルーが、獄中から娘のインディラに宛てた手紙をまとめたもので、歴史を教える手紙を通して、娘への「こんな人間になって欲しい」という気持ちが伝わってくる素晴らしい本です。

娘の十四歳の誕生日を祝う手紙から始まるこの書簡集は、二百通の手紙からなっています。そこで語られる歴史は、実に公正なんですね。これは、正しく歴史を学んだこともあるでしょうが、ネルーという人の人間性も大きいと思う。

ネルーは独立運動の指導者として九回投獄されますが、戦後の一九四七年に首相となります。そして、その娘のインディラも後に首相になるんですね。

こういう父親がこういう娘を育てるのか、父親って凄いな、と僕は物凄く感動した。それで、自分はネルーには遠く及ばないけれども、子供たちのために、自分が考えていることを残しておきたい、おかなきゃいけないと思ったんです。特に、「この間違いだけはするなよ」というのは、親の義務として伝えないといけない。

もちろん、普段から折に触れて話してはいるけれど、全部を話し切れている自信はない。

だから、この本はある意味では私信であり、これだけは言っておきたいという遺言でもある。息子や娘に読んで欲しいのももちろんですが、これから日本で生きていく、この国の「子供たち」にも伝わってくれればいいな、と思います。

第一部　生命《いのち》の行方《ゆくえ》

第一章 「生命」は誰のものか？

まず、生命について、少しお話しさせて下さい。

ご承知のように「生命」は平等ではありません。もっと長く生きていたい、という願いを持ちながら、病気や事故、あるいは事件などによって思いがけず早く奪われてしまう生命があるかと思えば、まだまだずっと健康で長生きができるはずなのに、自ら生命を絶ってゆく若者だっています。

「自殺」は今や私たちの国、日本の未来に大きな影を落とす重大な要素のひとつとなっています。みんなの努力によって、交通事故死者がようやく一万人を切ったというのに、自殺者の数は昨年でも三万人を超えています。

また、僕の少年時代と比べて、現代はびっくりするほど凶悪犯罪、殊に「殺人」が増えました。昔の日本では、これ程日常茶飯に殺人など起きませんでした。

ところが今では、新聞の社会面を開けば毎日のように、殺人や死体遺棄の事件が報道されています。これほど人の生命が軽く感じられるようになったのは、どこに原因があるのでしょうか。

一つのヒントがあります。

一九九一年、アメリカのブッシュ大統領（現大統領の父上です）が湾岸戦争を始めたとき、アメリカ国内で奇妙な現象が起きました。

驚くことにそれは「自殺の減少」でした。日本でも、太平洋戦争の戦前・戦中は、著しく自殺が減少しています。

人間は安全が十分に保障された環境の中では、自分の生命すら軽く感じられる生き物のようです。戦争によって「自分の身に直接の危険が及ぶ」と感じた瞬間に、「生命の重み」に気づいたのかもしれない。

人間は生き返ると信じている子供たち

ちょっと前に新聞に出ていたアンケート調査でびっくりしたのは、「人間は生き返る」と思っている子供たちが一五パーセントもいることですね。

長崎県の教育委員会が、小中学生を対象に行ったアンケートで、「死んだ人が生き返ると思いますか」という問いに対して、「はい」と答えた割合が、小四で一四・七パーセント、小六で一三・一パーセント、中二で一八・五パーセントだというんです。

小学生より中学生の方が数値が高いのも愕然としますが、そもそも人間が生き返るなんて誰が、一体どのように教えたんでしょうか。

理由として挙げられていたのは、「テレビや本で生き返る話を聞いたことがある」とか「テレビや映画で生き返るところを見た」とか、そういうことのようですが、そんなものは僕らが子供の頃にもあった。でも、誰も「人間は生き返る」なんて思ってやしません。物心つく前ならともかく、中学生にもなってそんなことを平然と言うやつはいなかった。

アホらしいとは思うけれども、こういう教育もちゃんとやった方がいいのかもしれない。理性が育つ前の子供は、簡単に騙せるし、まやかしも信じてしまう。大人ですら「死んでも生き返る」と信じこんでしまい、宗教まがいの詐欺に引っかかる場合があります。

優れた霊能者や異能力者の存在は否定しませんが、奇蹟と手品とは紙一重なのだ、と知るべきです。

僕なりに考えれば、子供たちにとって「死」が身近な存在ではなくなってしまったんですね。「生命」は病院から来て病院に帰って行く、と思う子供もあるかもしれない。お産も病院で、亡くなるのも病院ですからね。

死んだ経験など誰にもないから、「生と死」が身近にないと、「漫画やアニメの世界」と現実との区別がつかず、「死んでも生き返る」と思いこむ子供はいると思います。

かつては――それこそ獣に囲まれて暮らしていた頃は――いつ死ぬか分からなかった。文字通り、死と隣り合わせの生活だった。今でも、国によっては、こんなに産んでどうするの、というくらい子供を産むところがある。産まれて人が増えたら食って行くなんてどう考えても無理な程に。
あるドキュメンタリーで、「こんなに生活が苦しいにもかかわらず産み続けるのは何故?」と聞かれてその母親はこう答えました。「だって子供はすぐに死ぬから」と。乳幼児死亡率を抑えるための社会態勢が出来ていない国での話です。

だからそこでは、「死」は身近な存在なのです。獣に怯える時代を過ぎ、身を守る方法を覚え、病魔からもある程度逃れられるようになり、戦争の記憶も薄れた。いやもう「無い」と言っていい。この日本には目に見える国境がないから、無理矢理にでも「国」という概念で国民を縛ったり、旗印や唄のようなものでいちいち確認しながら結束する必要もない。そんな国では生命に対して思い上がるな、という方が無理かもしれませんね。

死をイメージできず、生への感謝も希薄。となればこれはあくまで極論ですが、大災害や大破壊に直面しなければ「この国の人の心は治らない」と、諦めたくなってしまいます。

いえいえ、絶対にそういうことが起きては困ります。

人の心根を諦めたくないのです。

この本の仕上げにかかろうか、という二〇〇六年一月十四日に、小学校時代からの親友の裕ちゃん、平山裕一君の奥さん、吟子さんが急逝しました。

急性心不全。夜眠ったまま、朝には亡くなっていたのです。

吟子さんはまだ五十二歳になったばかり。友人たちも夢にも思わなかったことで数日眠れぬ夜を過ごしました。友人ですらそうですから、夫の裕ちゃんの思いは想像に余りあります。

あわてて駆けつけた通夜の席で裕ちゃんが吟子さんの遺影を見上げながら、「もうすこし優しくしてあげれば良かった」と呟きました。

「いや、裕ちゃんは十分に優しかったよ」。僕がそういうと、彼は寂しそうに「そうかなあ」と応えました。

佐賀出身の彼女は、松下冷機のデザイナーとして関西で就職した裕ちゃんと結婚後、ずっと奈良市内で暮らしていました。

明るく行動的な美人で、知り合ったひとはみな吟子さんのファンになったくらいです。主婦としても二人のお嬢さんを、優しくて美しい、すばらしい女性に育て上げ、この後は大好きな夫の裕ちゃんとのんびり老後を過ごすはずでした。

「いつかまさしさん、○○神社の○○という行事を見に行きましょう」

「必ず○○寺の○○という祭事を経験してね」

奈良が大好きな彼女は、もっともっと奈良のことを自分で知り、その素晴らしさをたくさんの人に伝えたかったはずです。

彼女はもういないけれども、僕は彼女のそういう志を死ぬまで忘れません。

一体人の生命は誰のものなのでしょうか。

こうして心の準備もできないままに、突然いなくなられてしまうと、今更ながらに気付かされることがあります。

それは、「生命や人の心」に対しては、決して油断してはいけない、ということです。ちょっと気を緩めたが最後、簡単に壊れるし、簡単に消えてしまう。

まだまだ元気だと勝手に思い込んでいるから、色々なことを「今度」でいいと先送りにしてしまうけれども、今の生命には今しか向き合えない。生命に対して、思い上がってはいけない、ということなんですね。

長崎の新地、中華街で「江山楼《こうざんろう》」という中華料理屋をやっている僕の兄貴分の王圀雄《おうくにお》さんが、彼の大切なお母さんが亡くなった年の、精霊流しの晩、僕に言った言葉を思い出します。

「親が生きているうちに孝行しろ、という言葉があるけど、それは間違いだ」

驚いた僕が「え？　間違いなの？」と聞き返すと、彼は、

「間違いだ。孝行は、親が生きているうちにしたんじゃ遅い。親が、『元気』なうちにするのが孝行だ。孝行する気があるなら、親が元気なうちにしてあげてくれよ」

と、そんなふうに言った、その言葉が忘れられません。

この世の中のたくさんの「元気」な生命を、私たちはもっともっと大切に守ってゆかねばなりません。

そしてそれは、身近な「家族」の生命から始めるべきだと思うのです。

第二章　家族が壊れたのはなぜか？

この国がどんどん魅力を失いつつある理由について、考えることが多くなりました。国の魅力とは、実はその国に住む「人の魅力」ではないかと思うのです。この国に暮らす人々が魅力的であれば国そのものが魅力的になりますし、人々に魅力がなければ国にも魅力などなくなります。

つまり「国とは人」といえるかもしれません。

では何故このところ、この国の人々の魅力が衰えているのだろうか、と思うとき、僕が思い当たるのは、人が暮らす一番小さな単位「家族」の変貌です。

昔と今とでは、「家族」というものの質が随分違ってきたようです。

国を考えるならまずは家族から。そんな思いが強くなってきます。

たとえば自分や自分の身の回りを幸せにできないで、それ以外の人を幸せにできるはずがない。言い換えれば、国民の一人一人が自分と家族を幸せにできたら、面倒なことを考えなくても、世の中は幸せになり、この国は魅力的な国になるはずなのです。

「家庭生活」という文化の喪失

新聞やニュースを見ていると、一昔前には考えられなかったような凶悪事件が起きています。しかも、それがどんどん低年齢化している。犯人の高校生が中学生になり、いつの間にか小学生までもが刑事事件を起こすようになってしまった。

事件を引き合いに出すまでもなく、挨拶にはじまり礼儀作法に至るまで、今の子供たちを見ていると、びっくりするというよりも、悲しくなってくることが沢山あります。きちんと挨拶が出来ない、お辞儀の仕方も知らない、感謝の言葉も、謝罪の言葉も知らない。つまり会話が出来ない。敬語について知りもせず、尊敬語や謙譲語や丁寧語の違いも分からない。

幼稚園児ならそれは仕方のないことでしょうが、残念なことに今や小・中学生のレベルではなく、大学まで出たいっぱしの大人の年代がそうなのです。

しかも今までそれで通ってきたので、自分におかしなところはない、という奇妙な自信がある分、手に負えません。

叱られたことがないので謝り方も知らない。

「何故こうなったのか」という論理を説明することは出来て、責任が何処にあり、自分の立場がどうで、という認識まで出来ても、ここは謝罪することが、或いは責任を自分で認めることが筋だ、という「筋論」が存在しないのです。

頭はとてもよく働くのに、責任回避や悪知恵ばかりが目立ちます。

コンピュータに喩えるなら、ＣＰＵ性能が優れているのに、システムが未完成な上にアプリケーションの質が悪く、種類も少ないという感じです。


さて、ここが問題です。

それは、ひとえに育てた大人の責任だからです。

子供がダメになった、と言う前にまず反省すべきことがあります。

親の世代が全くダメになったのだ、と思うべきです。きつい言い方ですが、それはある意味で母親がダメになった、ということです。

ご承知のようにこの国の生活文化を支えてきたのは女性でした。

「生活文化」とは、つまり人々が共同生活、社会生活をおくる上で、近在の人を不愉快にさせないための最低限の礼儀や常識、また慣習などの不文律、すなわち「暗黙の了解ごと」や節度、といった「心の価値」のことです。

封建時代からの「極度の分業」と「性差別」によって日本の女性はそういう細々とした社会の秩序を維持するための「裏方」に徹するしかありませんでした。こういう社会をとらえて女性差別というなら、確かにそうでした。しかし、繊細な女性が、家庭生活においてこういう微妙な持ち場を受け持ったがために、皮肉にも、この国の人々の心の文化はとても繊細で美しく、また品性の高いものになったのです。

今、女性解放論や男女平等論によって「性差別による極度の分業」は徐々に失われつつあると思います。

ところが、不思議なことにそれと同時に人々の心の文化がどんどん低下してゆく、という奇妙な結果になったのです。

一体何がきっかけで、どこからどう壊れていったのか考えてみます。

「家族」という考え方の変化

家族の姿が大きく変わってしまったのは、戦後で言うなら、七〇年安保闘争以降のようです。「団塊の世代」と呼ばれる戦後の第一次ベビーブーマーたちの、「親からの自立」の頃です。

敗戦までの古い価値観の中で生きてきた親の世代は、敗戦が「こころの打撲傷」になって「自信」も「プライド」も壊されました。もちろん、そうではない大人たちもたくさんいましたが、かなり多くの日本人が、「こころ」を見失った状態になったのは確かでしょう。

このような親たちの情けない心の有様や、子供たちの古い価値観に対する反発が近親憎悪と相まって、今までの全ての価値観を壊してゆこうという社会運動につながりました。

このとき、親も子も、どちらも間違いではなかったのです。

ほんのちょっとしたボタンの掛け違いや言葉の解釈によって行き違いが生じ、その反目が、行き場を求めていた若者たちの力による闘争に置き替えられてしまったのです。

前世代の親と子供たちの様々な価値観が、大きく変わった転換期です。

戦争に負けたことで価値観を引っ繰り返され、自信も基準も失った親たちに、子供たちが背を向けた瞬間だったのかもしれません。

こうしてこの頃から日本の家族関係は緩やかに崩壊を始めました。

当時流行っていた言葉は、「一家断絶」「親子断絶」です。そして親と同居をしないという新しい価値観から生まれた言葉が「ニューファミリー」でした。

親と同居をしないというのは、当時はまだ不自然と思われる考え方でしたが、「ニューファミリー」という言葉すら消えた今はもう、この考え方が普通になりました。

ここに親子三世代の同居を前提とした「家族制度」は崩壊したのです。

これは革命だとさえ思う。家族制度の革命です。

僕がフォークデュオ「グレープ」でデビューして歌い始めた頃はそんな時代です。フォークソング＝反体制の旗印としての唄、という図式で決めつけられていた頃でした。

若く新しい価値観を否定する気はなかったのですが、だからといって僕は人間関係の、ことに家族関係の崩壊を是認することは出来なかった。

父母や兄弟姉妹の心の繋がりは、他人には分からないような特別な価値を持っていると信じていたんです。

だから社会制度はともかく、「炭坑のカナリア」のひとりとして意地になったわけでもないのですが、僕は当時の社会が置き去りにしかかっていた父母兄弟の心の繋がりについて、どうかこれを大切にしようという唄ばかり作り、歌ったのです。

「精霊流し」「無縁坂」「秋桜《コスモス》」「案山子《かかし》」……、みんなそうでした。

「精霊流し」は、僕の故郷・長崎で行われる旧盆の行事を題材にしたもので、愛する人との死別を歌ったもの。「無縁坂」は母の後ろ姿を見て育った子供の母親賛歌。「秋桜」は、山口百恵さんに贈った唄で、結婚前夜の母と娘の心の交流を歌ったもの。「案山子」は、故郷を出て都会で頑張っている子供を想う親の気持ちを歌った。

そうしたら一部の人から「因習を持ち込むな」という驚くべき批判を受けた。

せっかくみんなで新しい価値観を作り出そうとしているときに、なんで自分たちが必死で壊した昔の価値観を今更持ち出すのだ、と。

そんな風に言われて随分がっかりしたことはありますし、軟弱だ、根暗だ、とも言われ、僕の心は確かに弱いところや暗いところがあるから、なるほどな、とも思いましたが、自分が間違っていたとは今でも少しも思わない。

もちろん、この頃に作った唄は、今でも大切に歌っています。


これらの唄をオンタイムで知らない若い世代が今、むしろこういう家族像に強い興味と賛同を示してくれることに感謝しています。

もしかしたら若い世代は「抱きしめてくれる」という親の愛に飢えているのかもしれない。

「抱きしめられる」という安心を求めているのかもしれない。

親が「抱きしめてくれない」ので、早熟な青少年は手っ取り早く互いに「抱きしめあう」ことで欠落した愛を補おうとするのかもしれません。でも、「親の抱擁」と「恋人の抱擁」は異質のもので、互いに代替できるものではありません。

今こそ子供たちを強く抱きしめてあげて欲しい、と願います。

親の一番大切な仕事は子供を愛することと、それを子供に伝えることなのですから。


こうして一度、家族制度は変わりました。

ただ、家族というものは、いつの日か段々、本来あるがままの姿に戻っていくに違いない、と思ってもいます。

最近、同世代の知人が両親と同居にしたそうです。それで、親子三代が一緒に暮らすことになった。そうしたら、家が楽しくてしょうがなくなった、と言うんですね。仕事が終わったら早く家に帰りたくてしょうがない、と。「それ、子供に戻れた喜びってことじゃないの？」と、みんなで笑ったんですが、まさにそういうことなのでしょう。

「家族」とは一体なんでしょうか。

生活上のパートナー、という言い方がありますが、チームとしてお互いを利用して生きる、というだけなら血縁関係は必要ありません。

「家族」にはもうすこし違う特別の価値がある、と思うのです。

僕が二十代の頃、当時五十代になったかならぬかの母に、ずいぶん意見されました。しかも、「まさし、ここにお座り」なんて調子で。もちろん鬱陶しかった。とうとうあるとき、笑いながらですが「お袋、一体いつまでオレのこと子供扱いするんだ」と言ったら、母は毅然としてその場に居住まいを正し、胸を張ったかと思うと「私が生きてる限り、あんたがいくつになろうが私の子供です！」と僕を一喝した。

「恐れ入りました」と笑って頭を下げたけれど、何かそのときに目が覚めた気がする。

縁は切れても血は切れぬ。

親は子の親だし、子は親の子。

それは間違いないことなのです。

「給料の銀行振り込み」という第二の革命

さて、家族制度の崩壊によって何が起きたのかというと、一番大きな変化は「母親像」の変質です。

かつては、「嫁いだ先は大家族」ですから、姑や舅、ともすれば夫の兄弟姉妹まで同居しています。こういう人々の視線がある意味で監視の働きをすることにより、女性はその家に縛り付けられました。

これはたくさんの我慢を強いられます。息を抜くにも姑の顔色を見ながら、となれば気詰まりだったと思います。

姑や小姑など、そばにいない方が良いに決まっています。

しかし一方で、これらの存在が自分を甘やかそうとする弱い心への「サーモスタット」の働きもした筈です。

ええい、家のことを忘れて気晴らしに遊びに行こう！　と、そう簡単には行かなかった筈なのです。

今「主婦」という言葉すら「性差別だ」という意見があり、そういう言い方に反発する人もあるようですが、ここでは分かりやすく、一家を切り盛りする、一家の主《おも》なる女性という本来の意味で「主婦」と言うことにします。

さて、今の主婦は自分が家庭の全てを握っていますから、いつ遊びに行こうが酒を飲もうが自由なわけです。

もちろんこれは極論です。決して遊びほうけたり、子供をないがしろにして自分の娯楽や自由を優先させるような主婦ばかりではないのはよく知っていますし、生活向上のために一所懸命働く主婦も増えました。

「働く主婦」には更に苦労があります。自分が働いて、なおかつ子供を育て、家の切り盛りをするなんて、相当のストレスに耐えているはずです。それでも、全部をきちんとやってのけている女性は沢山いる。

男には到底出来ないような、大変なことです。本当に立派だと思います。

「家」はまさにその家の主婦で決まります。主婦にはそれほどの力がある。

さて、しかし自分を監視する存在がない、ということはある意味で楽でしょうが、逆の意味では自分の軸がぶれていないか、という大切なことを、自分自身で判断しなければならないということでもあります。

人の心は次第に緩んでゆく傾向がありますから、「ま、いっか」がどんどん坂道を急角度にし、転げ落ちる速度を上げることがあります。

例えば、主婦がパチンコなどの遊技にのめりこみ、或いは株に手を出し、また酒に逃げ、もしかしたら異性におぼれて「一家」が崩壊してゆく。

少なくともこのような図式は、昔の家族構成の中ではなかなかあり得ない「壊れ方」です。

それにしても、家族構成が変わったことで、女性だけがダメになった、というのは一方的な見方ですし、そんな筈もありません。

原因は他にもちゃんとあるのです。

そう、肝心なのは夫。つまり男がダメになったからなのです。

では男は何故ダメになっちゃったのか、と考えてみます。

平たく言うならその男を育てた女がダメだから、という話です。

ここからは主に、その「専業主婦」の心の働きと家族への影響についてお話しします。ですから、働きながら同時に家庭を切り盛りしている女性には、反論もあろうかと思います。ですが、働くのはいったい何のためなのか、ということを自分に問いながら聞いていただけたら、何かしらの家庭像へのヒントになったら、と思います。

ただし、僕は男ですから、これから申し上げることは、男性の側からの「希望」と申し上げる方がよいかもしれません。


封建の昔、女は我慢を強いられた部分も沢山あるけれど、社会的な性差別の中で、昔の女性たちはある意味で実に利口でした。

「男をおだてて使う」という手法に長《た》けていたのです。

「お父さんは一家の大黒柱です」と大声で言う。

また「お父さんは家の中で一番偉いんです」といつも子供に言うのは、お父さんに聞こえるように言っているということなのです。

私はあなたを尊敬し、頼りにしていますよ、と夫に毎日耳元で言うのと一緒です。実際には、家庭内のことは奥さんが居なくてはどうにもならないのに、私はいいから、と一歩下がってみせることで夫を立てる。

例えば一番湯はお父さんです、と。貧乏な我が家でもお風呂にはいるのは父が最初で、母はいつも最後でした。

みんなで食卓を囲むとき、最初にご飯をよそうのは父の分からでした。お正月のお屠蘇もそうです。

節分の豆撒きも、家中の明かりを消し、父が先頭に立って「鬼は外！」と叫び、「福は内！」と叫びました。父の後ろについて暗闇を怖々《こわごわ》と歩く子供たちの後ろを、母が守っていました。

こういう細やかにみえる配慮はいったい何のためだったのでしょうか。

そうです。実は子供の教育のためだったのですね。

実際母には、父に言いたい文句も山ほどあっただろうし、本気でお父さんは偉いと思っていたかどうかは分かりません。しかしそう言うことで、一番近くで聞いている自分の耳から自分の心を収め、子供たちに「家族」という単位を覚え込ませたのです。

子供にしてみれば、お母さんが尊敬しないお父さんを尊敬などするはずがないのです。お母さんが嫌いな人を好きになるはずもないのです。

こういうことを「自分に正直じゃない」とか「嘘の一種ではないか」と考えるのは人として幼い誤りです。

理屈や論理上正しい、ということが人の心全てにすんなりと収まり、当てはまるわけではないからです。

もちろん、本当に夫を尊敬し、信頼し、愛している奥さんが今でも沢山居ます。そういう人の心は本当に「しあわせ」と言えるでしょう。

では子供の前で、或いは人前で自分を立てて貰う夫の気持ちになってみてください。責任感とやる気が大きくふくらむはずです。

誰だってそうなのです。ものすごく喜ばれたり感謝されたりすれば、その人に対してもっとしてあげたくなるのが人情ですし、文句ばかり言われたらどんどんやる気がなくなるというのが人の「こころ」なのです。

お父さんを馬鹿にして育った子供と、お父さんを尊敬して育った子供とでは、「大人」に対する考え方も変わります。

お母さんが馬鹿にするから、真似をしてお父さんを馬鹿にして育ったのに、心のどこかではそういうお母さんを恨みます。人の心はそういうものです。

みんな本当は誰も恨みたくないし、嫌いになりたくないのです。

みんな穏やかな気持ちで過ごしていたいのです。


今の社会を見れば、人の心が「悪循環」に陥っていることがよく分かります。

ですから「言葉」は大切です。ほんのささやかな心遣いと言葉遣いが「良き心の連鎖」を作る場合があるかと思うと、今の世の中のように「自分を自分だけに分かる言葉で主張する」ことが、結果として人を傷つけていることに気づかないほど、「自分のことしか考えられない人」が育ってしまったりもする。

「ダメな家庭」によって、です。

太陽の日差しを浴びることは人として誰もが持つ正当な権利ですが、自分が太陽の日差しを浴びるためにその場で立ち上がったことで、自分の陰に入ってしまう人がいることになかなか気づかないものです。座ったままでいるなんて損だ、と思うと、我先に、と人々は利己的に日差しを奪い合うようになります。どういう方法であれ、日差しを浴びたもん勝ちという「悪しき心の連鎖」ですね。

「勝ち組・負け組」という無慈悲で差別感のある言葉が違和感なく社会に拡がる様を見れば、まさに「自分さえよければ」という「社会」の底をはっきりと覗く気がします。

しかし人に良心がある限り、きっと心のどこかでそのことはひっかかっています。心に何もひっかからないような人は、いつか自分で転ぶことになる。ある意味で世の中はそういう風にも出来ています。

どれほど日当たりが良く豊かな場所で暮らしていても、心にとげが刺さったようなきまりの悪い思いで過ごしてる限り、人は不満顔になります。

笑顔が曇るのです。

自分の吐いた唾が自分にかかって苛立っているようなものです。

譲り合ってお互いが気持ちよく屈託のない笑顔で暮らすことも出来るのに、とため息が出ます。

おっと話がそれてしまいました。

昔、勤め人の給料は、月給日になると給料袋に入れて手渡されるのが普通でした。給料日になると、昔は専業主婦が多かったので、お母さんはそれこそとても楽しみに夫の帰りを待ちました。

夕食など、給料日だけ特別に、お父さんにだけ、彼の好物のちょっとした高級なおかずが用意されたものです。それは頑張る夫への妻からの感謝の気持ちでした。

給料袋を妻に手渡すときのお父さんは胸を張ったことでしょう。多い・少ないは別にして、自分は家族のために一所懸命に働いてこの賃金を得たのだ、という目に見える具体的な証が「給料袋」だったのですから。

決して銀行自体を責めるつもりで言うのではないけれども、「給料の銀行振り込み」という便利なシステムは、家族から沢山のものを奪った気がします。

給料日に家に帰って、お金の入った封筒を渡し、「自分はこれだけ働いてきました」と現物を見せるのと、数字だけが動いてるのでは実感からして全然違うでしょう。

はしたないようですが、お金は貰うと嬉しい。それは確か。だから受け取った側からは「ありがとう」という言葉が自然に出るし、「ご苦労様」というねぎらいの気持ちも生じる。それは、お父さんが「労働の結果」を目に見える形で示すからなんですね。このお金を稼いで来たのは確かにオレなんだよ、という分かりやすい図式があった。

しかし今、もしかしたらお母さんは、お父さんではなく、通帳に記入された数字だけを見ているのかもしれない。挙げ句の果てには、お母さんが引き出してきたお金からお父さんがお小遣いを貰って、「ありがとう」なんて感謝したりしている。

これはどうもなんだか変だ。

人間は、大切な人に「ありがとう」って言ってもらうためなら力が湧くし、頑張ることができるんです。今月もあとちょっとで家族に「ありがとう、ご苦労様でした」って言ってもらえるな、と思ったら給料日が楽しみになるし、家へ帰って給料を渡すときにささやかでもご馳走が並んでるなんて嬉しいじゃないですか。

その喜びのために、その月の途中の悔しさ苦しさを我慢する、ということもあったのです。

もちろん、理屈で考えれば振り込みがあるのはお父さんが働いてるからだって分かる。でも、数字しか見ないでいることが続くと、それがお父さんに直結しなくなり、いつのまにか当たり前のことになります。

今でも感謝する気持ちがないわけではない。でも、感謝を表現するきっかけは、確実に失われてしまったんじゃないか。

そのうち照れくさくなって、「今更、ありがとうやご苦労様なんてとても恥ずかしくて言えない」という人も多いのではないでしょうか。

しかし感謝の言葉やねぎらいの言葉は、どうかはっきりと口に出してください。口に出さない言葉が聞こえることはありますが、それはそれ相応の信頼関係の上でのことなのです。それを作るためにまず言葉は思うだけでなく、口に出しましょう。ねぎらいの言葉や感謝の言葉は、頭が使う言葉ではなくて、心が使う言葉です。そして、耳が感謝の言葉に慣れていないと、感謝の言葉を段々と口に出さなくなっていきますし、感謝の気持ちを伝えるのも下手になる。そんな悪循環が生じている。

四半世紀も前の僕のヒット曲「関白宣言」。

この歌詞が、性差別的だと批判した人がありました。

「俺より先に寝るな」だの「メシはうまく作れ」といった命令調の歌詞が気に障るとい

う人があったのです。でも僕はこの唄が女性蔑視とは全く思わない。優しいプロポーズソングのつもりで書きました。

ちょっと遠回りですが、聞いて欲しいことがあります。

父が懇意にしていただいていたお蔭で、僕も子供の頃から可愛がって貰っていた、詩人で作家の宮崎康平《みやざきこうへい》さんのことです。

彼は若い頃、過労で失明しました。その時乳飲み子を置いて最初の奥さんは去りました。その子を抱え、途方に暮れた彼が歌い、作ったのが「島原の子守歌」です。

その後、和子さんという素晴らしい女性が嫁いで来て、二人の子宝に恵まれました。彼はその和子さんに支えられ、頑張って生き抜き、『まぼろしの邪馬台国』という名著を残した後に亡くなりました。夢を生きた良い後半生だったと思います。

さて、もしもあなたが女性で、盲目の夫を愛していたなら、和子さんの気持ちはきっとお分かりになるでしょう。夫より先に寝るのも色々心配でしょうし、後で起きるのもあれこれ不安でしょう。

きっとどなたでも同じ答えだと思うのです。

では夫が健常者なら何故そう出来ないのでしょうか。また、あなたが男性なら妻が何故そうしてくれないのかを自分の胸に問えばきっと分かります。

そう、これは実は愛情の「質」の問題なのですね。お互いがお互いを大切にするなら、自分の出来る限りのことを相手のためにしてやりたい、と思うのが普通だと思います。「先に寝るな、後に起きるな、メシはうまく作れ」などという具体的で些末なことは、この唄にとっても生活上でも、ちっとも大切なことではないのです。問題は相手に心からそうしてやりたいか、また相手からそうして貰える資格が自分にあるのか、といった心構えを問うているのです。

偉そうに要求するだけでは、相手にそうして貰う資格などありません。男女に限らず、ただ自分は自分の仕事だけしていればいい、と油断せず、相手が家庭の中でどれほど頑張っているかを見つめ、あるいは想像し、感謝し、尊敬しなくてはなりません。

お互いを理解し合うことが「愛情」の肝《きも》。良い家庭を築く基本だと思います。相手を理解することが出来て初めて、自分を相手に伝えることが出来ます。自分本位では、肝心なことはなかなか伝わらないのです。

何も言わなくても分かり合えるようになる迄には、お互いにそれなりの努力を積み重ねてゆく必要があると思います。

もしも妻が病に倒れたとなれば、夫は妻のために先に寝るわけにはいかないし、後で起きることも出来ない。

これは別に格別のことではないのです。むしろ当然のことで、性差別とは全く異質の、平等な「愛情」だと思います。

わがままな芸術家を支え続けた和子さんという一人の主婦の努力によって、一人の男の人生が救われたと思うのです。

宮崎康平はきっと天国でこのことを心から感謝している筈だと思います。

今までお話ししてきたことでお分かりいただけたと思いますが、僕は家庭や家族の心の潤滑油として、お母さんの存在は非常に重要だ、と思います。

しかし、潤滑油として頑張るのなら、お母さんはもっと解説上手じゃないといけませんね。お父さんという人間を、家庭内で子供たちに上手く説明し、パートナーとして守《も》り立てていく。そうしたらお父さんはどれほど有り難いでしょうか。だって、自分で自分を解説するのは、言い訳してるみたいで何だかみっともないじゃないですか。

また、上手い解説と下手な解説は全然違います。端から見ていてよく分からないことでも、「これはこういう意味なのよ」と分かるように説明してもらうと、納得がいく。人間は、理解すると安心するんですね。

解説と言っても、気負うことはなくて、お父さんはこういう仕事をしてるのよ、多分こう思っているのよ、とか、みんなのために頑張ってくれてるのよ、とか、そんな簡単なことでいい。お母さんがお父さんを大事にしてることが分かれば、それは子供にも伝播する。大げさにお父さんを褒めたところで、それを「嘘」と言ってはいけません。お釈迦様のついた嘘は「方便」という宝になりました。

さて、きちんと解説するにはお母さんがお父さんを理解することから始めなければなりませんよ。

だから僕は、まだ独身の男性に声を大にして言いたいですね。結婚する相手を選ぶときは、自分にとってよい解説者になりそうな人を選びなさい、と。二人だけで過ごしてる分には関係ないけれど、将来自分が父親になって、相手が母親になることを考えるなら、間違いなく大切な基準です。

昔は、お祖父さん・お祖母さんも含めて、それぞれが家族の中でしっかり自分の「役割」を務めていたし、互いに解説しあって庇い合っていた。

核家族化が進んで、それが段々とできなくなってきた結果が、今のように人としての「義」や「情」の希薄な社会につながったと言えます。

そう、僕はこの国に住む人の「義」と「情」について、この本を通してもっとお話がしたいのです。

第三章　子育ては国育て

小さなお子さんを持っている人が、よく「どう育てていいか分からない」と口にしているのを聞きますが、それは非常に困った問題です。

それは自分の子供が、どんな大人になって欲しいのか分からない、ということですからね。つまり、親である自分自身が、未来の日本がどんな国であって欲しいか分からない、イメージできないということなのです。

今の「日本」に多少なりとも自分なりの意見や希望があれば、その未来に対するある程度のイメージは作れるはずなんです。

ところがそれが明確ではない。ま、実はこれ、たくさんの大人たちの陥っている悩みなのですが。

みんな国に対する不満は一杯あるけれども、どれも漠然としたものだし、将来への希望もあるけれど、それはあまりにも即物的なものだったりする。

だから、手っ取り早い目標として、子供を「生活に不自由しない」＝「お金が稼げる」ように育てようとするのかもしれませんね。

そうなると「金儲け」だけが基準になるから、「勉強しなさい。勉強していい大学に入りなさい。そしていい会社に入りなさい」となる。

だがこれは生きる上でどういう価値を持つのでしょうか。

儲かる儲からない、という基準だけで職業を選ぶ人にとっては、職種は何でも構わない訳でしょう。だって仕事を単純な「経済活動」としてしか捉えていないわけですから。

そうなると自分の賃金に対する労働効率は考えても、いわゆる「仕事として極める」、または「楽しむ」というレベルまで、職業を突き詰めて考えることは出来ないということになる。

昔とは「職業」に対する概念が大きく変わった、ということでしょうか。

しかし僕は、職業というものは、命がけの人生観の噴出だと思うのです。

青臭い意見だ、と笑われるかもしれないけれど、仕事というものは経済活動には違いないが、その仕事の先にある、この道を行きたいのだ、という自分の人生とイコールになるような、仕事への愛とか誇り、みたいなものが実は一番大切だと思っているのです。

だから僕にとって職業の理想は「楽しんでやれる」ということです。

もちろんそれで賃金が良ければ最高ですが、賃金のために嫌な仕事を我慢してやるなんてまっぴらです。

「楽しむ」ということは、単純に面白おかしいという意味ではありません。

頑張って自分で歩く上り坂の苦しさを楽しめるか？　ということなのです。

そう、苦しむことを楽しむことが出来たら、嫌な仕事を我慢して苦しむだけの人より、もうワンステップ上のステージまで行くことが出来るからです。


子育てはとても難しいと思います。しかし、一番大切なことは、子供が自分の人生を「楽しんで生きる」ことが出来るかどうか、ではありませんか？

仮に子供が将来、悪事をはたらいてまで巨万の富を得る姿を見たいですか？　それよりもささやかな人生を本当に楽しんで生きる姿を見たくないですか。

親の価値観で子供の将来を縛らないで、子供の価値観を高め、広め、生きることは楽しいことなのだ、と教えてあげることが実は最大の教育のような気がします。

第二、第三の朱鷺《とき》を出してはいけない

前にNHKで、吉野紙を作っている人のドキュメンタリーを観ました。

吉野紙とは、漆《うるし》を濾すための紙。つまり漆職人しか使わないものなんです。漆専用の濾紙ということです。でも、最近の漆職人は安い化学合成紙を使うようになって、吉野紙の需要は激減している。ところが、その家は親の代から吉野紙を作っていて、自分がやめたら吉野紙を作る人がいなくなるからと、黙々と作り続けている。

五十歳代の方だったと記憶しています。

人間が手作業で作る物だから、少し値は張る。機械で作った紙なんかとは、比較にならない。だから、当然売れ行きが落ちるわけですね。

そもそも、吉野紙を使うとこれほど違う、ということが分かる程の漆職人も減っている。

すなわち今や、いわば本当に腕のある職人さんしか使わない。

結果、吉野紙の在庫は作れば作るだけ増えていく。比喩でなく、ストックが蔵一つ分

あるという。

でも、これは宝です。伝統が途絶えたら、世界中に吉野紙はこの蔵の分しか存在しなくなるわけですから。

ただし、残念ながらその頃には漆職人もいなくなるだろう、という話でした。

こういった話が、淘汰、という観点で描かれていた。決して冷たい視線ではなかったのが救いでした。「これでいいんですか」という提言として。

その吉野紙の職人さんは辛いと思う。何が辛いって、未来が見えないことが、です。番組の中でその人は、息子に仕事を継げとは言えない、と言っていました。なぜかという問いの答えは、「これだけでは生活できないから」。

こういう職業の人は、日本に一杯いるはずだと思います。それを、なんで国や地方自治体でもっともっと保護なり援助なりができないんだろう、と思う。

だって、その人が死んでしまったら、貴重な伝統や財産が消え去ってしまうのです。これは大げさに聞こえるかもしれませんが、この国の文化の喪失です。

試算しましょう。人の一年の生活費って、贅沢をしなければそんなに高いものじゃない。そもそも、こういう人たちが贅沢をしているとも思えないし、それほど収入だって多くはない。

絶滅寸前の朱鷺《とき》ではないが、その存在を守りたい職人さんが、例えば日本中に一万人いたとして、その一年の生活を最低限保障するのにどれだけの金額がかかるというのでしょうか。

文化庁や文部科学省に聞いてみたいですね。

仮に一人一月五十万円程援助をしたとして一年に六百万円。

この補助金を一万人に出したところでたかだか一年に六百億円に過ぎないのです。

社会保険庁の無駄遣いは五兆七千億円です。単純計算で九十五万人分になります。一万人の九十五年分ですよ。

今や文化は国民全体で守ってゆかねばならない、と思う。

この国の文化として守りたい知恵や技術というものが絶対にある。それをどうやって誰が守るのか、という話です。

国が無駄を省くのは当たり前のことです。しかし文化のための必要経費をケチったのでは数字だけの国家になる。

歴史上大切なのは、その国がどれほどお金を持っているかということなどではありません。一番大切なことは、その国がどれほどの文化を持っていたか、ということなのです。

殊に伝統文化は、一度途切れたら、もう二度と復活しない。人間がやることは、人から人へ手渡ししながら伝えないとダメなんです。いくら正確に数値化しても、経験と勘までは再現できない。「同じようなもの」は作れるかもしれませんが、似非《えせ》文化です。似て非なるものでしかないのです。

銘柄だけ懐かしんで、「昔はこういうものがあったんです」「もったいないですね」となる。日本は、本当にそういうことが多過ぎる。失ってから大事にする。それじゃ遅いんですね。

例えば伝統職人について、今お話ししたような考え方をする家庭があれば、その家庭では「文化の伝道師」として、職人さんを大事にしようと思うでしょうし、もしかしたら自分がやってみよう、という子供が育つかもしれません。

それは素敵なことだと思うのです。

また職人になることは格別大変なことではありません。

日本の「職人の世界」はかなり洗練され、システマティックに完成されていますから、多くの「職人」は「才能不要」と答えます。

誰でもある程度我慢して習い、続けて努力してコツを覚えれば、凡人でも「職人」になれるのだ、と言います。

実はこれ、凄いことなのです。

専門職というシステムが洗練され、細やかに伝承されてきたことによって、受け継ぐ者の「気持ち」さえあれば、才能とは無関係に誰でも一人前になれる「段取り」を職業が培ってきたというのです。

おそらく、生まれてきたのはよいが、一体自分なりの何をなすのか、というのは職業選択の重要な方向性の一つでもあるでしょう。

そう考えたとき、時間さえかければ才能のあるなしは別にして誰でも一人前になれるよ、という「日本の職人かたぎ」って、社会文化として凄いことだと思いませんか？

口先だけでお金を転がし、大金持ちになる、というのは才能も必要でしょうし、誰にでも出来ることではありません。しかし仮にそういうことで成功して振り返ったときに、

「お金」以外に自分が作り残したものを見つけられないのでは、さぞや寂しかろうと思います。

全く、親自身の大事なものの第一位がお金じゃあ、子育てもクソもありません。

生まれてきた以上、おまえが何者かを確かな力で大地に刻んで死ね。

それに価値があるか無いかは自分で判断するな、後世の評価に任せろ。

親が子供に伝えるのはそれだけでいい、と思います。

頑固ジジイがいなくなった

最近は、子供たちを本気で叱るお年寄りがいなくなりましたね。

僕が子供の頃住んでいた長崎市上町には、通称マッタケ爺さんというのがいて——松竹医院という小児科の先生なので、マッタケ爺さんなわけです——、僕らが悪い遊びをしていると、どこからかスクーターでやって来て、「こらっ、なんばしよっとか」と怒鳴って僕らの首根っこを捕まえ、危ない遊びをやめさせたものです。

当時は、マッタケ爺さんは子供嫌いなんだと思っていましたが、僕の歳になって振り返ってみれば、間違いなく本当の子供好きだったんでしょうね。危ないことをしてるときしか現れなかったですから。

こういう町内の憎まれ役が本当にいなくなってしまった。こういう時代だからこそ、嫌われてもいいいから、「ダメなものはダメ」とはっきり言える人が日本には必要なんですよ。

じいちゃんやばあちゃんが滅多に会わない孫に好かれたくてしょうがないのです。だから「このガキ、くそ生意気だな」と思っても愛想笑いでその場をやり過ごすケースが多いのです。

後でそのガキの親、つまり自分の子供に向かって「あの子は少し生意気だぞ」と言ってやる祖父母なら、まだましなほうでしょう。

しかし「自分の老い先が短いから、嫌なことは言わずに済ます」というのは、実は愛ではなくむしろ薄情だと知るべきです。

「自分の老い先が短いから」こそ、「孫にはきちんとした考え方を教え諭す」のが、正しい祖父母のあり方です。

子供が大切なのは分かります。親の身になれば命に代えても守りたい存在です。しかし他人の子供が悪さをすると腹が立つくせに自分の子供がすると許す、というのは完全に目が曇っているのです。

「親バカ」は許せるけれども「バカ親」はどうにもならない。「親バカ」からよい子が育つことはあっても、「バカ親」からは「バカな子」しか育たないのです。

さて、他人の子供についてはどうお考えでしょうか。

他人だから関係ない、というのはこれまた間違いです。

他人でも、自分の子供に関わりがある子がどういう子供か、というのは実は大切なことです。

だって悪い友達と一緒に過ごしていたら、悪くなるのが普通ですからね。

ならば、「友達を選ぶ」のではなく、いっそ「友達の悪さを治す」くらいの根性が親には必要だと思うのです。

子供の叱り方が難しいという人がありますが、そう言う人は自分が子供だったことを忘れています。

子供の頃、どういう叱られ方に反発し、どんな叱られ方に素直に従ったかを思い出せばよいことです。

子供が悪さをして「叱られる」と身構えているときにどれほど叱っても無意味です。それは「本人が分かっていることを偉そうになぞる」だけなのです。一番効くのは「ばれていないだろう」と高をくっている悪さを発見して、いきなり首根っこを押さえつけることです。

そのことによって、子供は自分の心の落差と向かい合います。

ごまかしたと思っている悪さを親が知っていたのに「びっくりする」ことが、次の「悪さ」へのサーモスタットになるのです。

それには油断無く子供の行動を見つめる努力が必要ですね。

また「叱る」と「怒る」の違いを認識し、一時の自分の怒りを分析するのも親としての役目かもしれません。

自分の機嫌が悪いとき、「当たり散らす」ように、子供の行動を怒ってしまう場合があります。

僕はそういうときは後で素直に子供に謝るのがいいと思います。

「さっきはいらいらしていて八つ当たりしてごめん」と。

子供は実は、親が思っているよりもずっと親の機嫌を窺っています。

叱られた事実は事実だけれど、その時、自分の行動よりも、親の不機嫌の方が勝っていたなんてことは当然見抜いています。

だからこそ、素直に謝ってやると、子供は親の「公平さ」を認めるようになります。

いったん怒っちゃったから、もういいや、というのは無責任なのです。

子供という生き物は、どんなときでも息を殺して親の心遣いを気にしているのです。

そういう小さな胸の内をいつも気遣ってあげなければいけません。

どうですか？

親として頑張るということは遊び半分では出来ませんね。

問題は親になる人にそれだけの覚悟があるだろうか、ということのようです。

基本は「褒め育て」

さて、僕は僕の子供を叩いたことがありません。

子供が叩かれるほど非道《ひど》いことをしなかったといえばそれまでですが、では子供を叩くことに反対か？　と聞かれると「そうでもない」派なのです。

僕自身が先生に叩かれて育った世代ですし、叩かれ慣れると、それ程痛くもない。叩くのが上手な先生は音は大きいけれど痛くない。

叩くのに慣れていない先生は音もしない上に必要以上に痛い。

手で殴る、なんて当たり前です。

嫌われる先生は大体、物で殴る。

そして、顔はどんなことがあっても絶対に叩いちゃダメなんです。たとえ小さな子供でもプライドはありますからね。中国語でプライドを表現する言葉は「面子《メンツ》」です。顔っつらのことなのです。そんなこと、ちょっと考えれば、それこそ想像力があれば分かるはずです。

子供は絶対に「褒め育て」が基本だとは思うけれども、それは甘やかすのとは違う。怒るべきときに、「だ・め・よ」なんて優しく言ったって、子供は怒られたと思わない。むしろ、ちょろいもんだと大人をなめるようになる。

いけないことは、その場で言わないと意味がないし、分からせないと効果がない。ずいぶん前になりますが、息子を叱ったとき、「ムカつく」と言われたことがありました。そのとき僕は、「だったら胃薬飲め。早く飲め」と言ったんです。すると、「そういう意味じゃない」とまた怒る。「いや、ムカつくというのはそういう意味なんだ」そんな問答をしてたら、息子もしびれを切らして、「頭に来るという意味だよ」と答えます。

そこで僕は、「そういうとき、正しくは無性に腹が立つと言うんだ。汚い響きだろ？ムカつくなんて。第一その歳でムカついていたら相当胃が悪いぞ（笑）。汚い言葉は使うんじゃない」とからかいながら諭します。

言葉の使い方だって、きちんと教えようと思ったら大変です。気になったらその都度言わないと身に付かない。こちらも勉強する必要がある。

これは疲れますよね。

相手が子供だからって、「黙って言うこと聞け」と言うのではなく、きちんと説明して納得させることが大事です。むしろ、大人より慎重に、丁寧にしなきゃいけない。いい加減にしたら、子供は聡《さと》いですから、大人をバカにするし、「そういうもんだ」と、自分に対してもいい加減さや曖昧さを許容するようになってしまう。

ただ、精神的な成長の度合いによっては、説明しても子供に理解できないことが沢山あります。

そういうときは「いいから言うようにしなさい」という「強権を発動」することもやむないことです。但しその言葉を信じ、黙って受け止めてくれるだけの親子の信頼関係を築いておくことはとても重要です。

そうでないと「親の勝手な言い分」にしかとれませんからね。

「善」の次に教えるべきは

また、「善悪」を教えるのはとても大事だし、良いことをしたら褒めてあげるのは重要なんだけれど、それだけでもいけないんですね。

なぜなら、何かをしたことに対して、見返りを求めるようになってしまうからです。自分の行為に対して見合う報酬を期待したら、もう全く善意とは呼べませんし、自分の行為を褒めて欲しいという気持ちばかり強くなったら、褒めてくれる人が見ていない所では、何もしなくなってしまうものです。

人が人のために何かする、というのは至極当然のことで、その労力を惜しむという感覚が、まず問題なんです。教育がなされていないんでしょうね。

戦後教育は、「こころ」を笑いすぎた。道徳教育を、心のどこかで笑いながらはぐらかしてしまったんですね。確かに、お仕着せの旧態依然とした儒教教育は説教くさくて古臭いし、今の視点で見ればズレているところもある。

でも、道端でしゃがみ込んで困ってるお爺さんがいたら、「どうしました？ 大丈夫ですか」って声かけるのは、自然な行為じゃないですか。困っているお年寄りを見たら助けてあげましょう、って法律でもないと動けないんだとしたら、由々しき問題です。こういうのは「自分」という心の動きで、本来個人の心の動きは外からコントロールは出来ないし、しちゃいけないものですからね。


ある晩のこと。朝から東京へヴァイオリンのレッスンに出かけて、夜、諏訪の自宅に帰ってくる予定の、当時中学二年生の息子を、上諏訪の駅まで迎えに行ったときの話です。電車の着く時刻を見計らって駅まで車で行ってみました。

ところが、予定の電車が到着しても、ちっともやって来る気配がない。どうしちゃったんだろう、乗り遅れたのかなと思って改札口で体を乗り出してホームの向こうを見たら、遠くから見たこともない大きな荷物を持ってゆっくりゆっくり息子が歩いてくるのが見えた。

なんであんな大荷物背負ってるんだろうと思ったら、隣におばあさんがいて、どうもその人の荷物らしい。

改札口にやっとたどり着いた息子に「どうした?」と聞くと、「おばあちゃんが、乗り過ごしちゃったんだ」と言うわけです。そのおばあちゃんは、前の駅「茅野」で降りるはずだったのが、「間もなく到着」という車内アナウンスを聞いてから行動を起こしたものだから、年寄りなので、急いだけれども、停車時間に間に合わず扉が閉まってしまった、という。それで乗り越して「上諏訪」で降りた。そうなると、逆行きの上りの電車で引き返すしかない。歩いて行ける距離じゃないですから。

ところが改札にいた若い駅員が「乗り越しですね。精算お願いします」と言うわけです。そりゃ彼の言うことが正論です。乗り越した分は払うのが正しい。しかし決まりを遵守することは正しいことでも、情としてはちょっと違うかな、と思ったのです。

乗り越しはしたが、それは事情あってのことで、わざとでもないし他意もない。ちょっとした手違いだからまあいいじゃないか。僕がそう言っても駅員は「規則ですから」なんて杓子定規なことを言う。

駅員を責めるわけではないのです。彼は正しいのです。

ただ、人は規則によって寿命が決められているわけではないように、情よりも規則が勝つというのなら、一体それは何のための規則か、と言いたかったのです。

若い駅員にも悪意はないのですが、まあ、こういう善意は相手に強要する代物ではないので、おばあさんに説明し、隣町の山の中の彼女の家まで僕の車で送って行きました。

このとき、おばあさんの大荷物を持って歩いてくる息子を見たときは、なかなか嬉しかったですよ。こういうことが自然にできる子になって良かったな、と。

あとで息子に「ああいうことをしてくれてありがとう」と感謝はしましたが、褒めませんでした。なぜなら、これは「当たり前」だからです。先ほど言った、「褒め育て」と矛盾するように聞こえるかもしれませんが、いいことをして褒めるのは、自我が芽生えるまでのまだ幼い期間であることが、とても大切なのです。

このとき息子は中学生になっていましたから、もう大げさに褒めませんでした。ある時期からは「善」じゃなく、「当然」を教えなきゃいけない、と思っているからです。

このケースの正しい褒め方はおそらく次の通り。

「困っている人を助けるというのは当たり前だから褒めないけど、それが自然に出来るおまえの気持ちが嬉しかったよ、ありがとう」

第二部　心の在処《ありか》

第四章　神さまは本当にいますか？　と聞かれたら

僕がここで言う「神さま」とは、特定の宗教上での「神」ではありません。人間という存在を作った大きな力に対して、畏敬の念を表してそういう言い方をします。神について何かを語ることはとても難しいですし、万が一何らかの押しつけになってもいけません。

この本をお読みの方も、それぞれに宗教をお持ちかもしれません。ですから先に僕の「宗教観」、もっと砕いて言うなら僕の言う「神さま」についてお話ししてから話を進めた方がより誤解が少ない気がしますので、いきなりこんなお話からはじめます。

家庭内宗教バトルロイヤル

我が家は浄土真宗の門徒ですが、本家筋は神社の守役です。僕の育った町内は長崎諏訪神社の氏子でした。また長崎のキリスト教会で行われるクリスマスのミサにも参列したことがありますし、天理市の天理教会に泊めていただいた経験もあります。それに、華厳宗東大寺二月堂の「修二会《しゅにえ》」には幾度もお籠もりさせていただいています。僕の弟は長崎の「南山」というカソリック系のミッションスクールの出身ですが、カソリック教徒ではありませんし、妹は長崎の「活水」というプロテスタント系のミッションスクールを出ましたが、クリスチャンではありません。僕自身も國學院という神道系の学校を出ていますので神社は大好きですが、神官の資格を持っているわけでもない。

これで争うならまるで家庭内宗教バトルロイヤルのようですが、決してそのようなややこしいこともなく家族は仲良くやっています。

こういう環境は外国人の友人にはとても理解できないようですし、日本人でも熱心な宗教家には、無節操で不謹慎だ、と叱られてしまいそうです。しかしこの、一見無節操で不謹慎な宗教観を持つ我が家の人々はけっして宗教を馬鹿にしているのでも、また無信心でもないのです。我が家の人々の不思議なところは両親も兄弟も皆、何か強い「信仰心」を持っていることです。

たとえば家のお墓は長崎市内にありますが、我々兄弟はそれぞれが長崎に帰るたびに自然に花を求め、水桶を提げてお墓へゆき掃除をし、お参りをします。

家でそういうことを決まり事として約束しているわけではありませんが、自然に誰もがそうします。

祖父は遠い昔にサハリンで死んでいるので、このお墓には祖母の遺骨しか納めてありませんが、では大好きだった祖母のためだけにそうするのか、というとそれも少し違うような気がするのです。

祖母は大好きだったけれども、彼女のため、というよりはむしろ彼女を通じて今生きている両親や兄弟やそれに深く関わる人々のために両手を合わせて、「感謝」したり、ここから拡がってゆく「未来」への希望に祈りを捧げている気がするのです。このときにそのお墓が浄土真宗のお墓だ、ということは、僕たちの心の中では特別に重要なことではないのです。

実際、こういう様相は日本人の平均的な宗教観を表しているかもしれませんね。

それは、一般的に言う宗教心といいますか、一つの宗教に帰依して熱心に信仰活動をすることでは無いけれども、だからといって信仰心が無いわけではない、という意味です。

宗教とは、自分の「神さま」と向かい合うことで自分自身と向かい合うことを言うのだ、と僕は思っています。ですからこれからも本書で時折出てくる「神」あるいは「神さま」という言葉は、けっして特定の宗教を拠り所にして言うのではなく、「自分の心の中に住む人知を超えた存在への畏敬の念」のことを言っていると受け止めてください。

つまりここにおいて祖母はもう、僕の価値観で言う「神さま」のひとりというわけです。

またある時、僕の言う神は「宇宙」のことであり、また「運・不運」を指す場合もあるでしょうし、自分の魂が持って生まれた「心の財産」を指すこともあるでしょう。つまり僕の「神さま」とは、こういった原始的な先祖信仰や山岳信仰であり、また命の尊さを、草や木や生物にも人間と同じ重さで感じなければならないという「多神教」的な「生きるということに対する感謝」の表現だ、と理解していただきたいのです。

僕の「神さま」のこと。お分かりいただけたでしょうか。

人知を超えたものは存在する

我々には根本的に、「本当に神さまはいるか？」という命題があります。一神教に帰依されている方は、「当然存在する」とお答えになるでしょう。先にお話ししたように、どちらかというと天然自然の力の中に神の存在を感じる、というような多神教に近い考え方をする僕の答えも、「存在する」なんです。もちろん僕の心の中に住んで僕と向かい合ってくれる身近な神さまのことですが。

日本には八百万《やおよろず》の神という考え方があって、例えば竈《かまど》にまで神さまが宿るというような考えがある。言い方を換えると、今自分が生きていることへの感謝の象徴が神さまなのだと思います。要するに、神というのは雑に言ってしまうなら「表現」なわけです。一つの象徴なんですね。生きるということに対する、感謝の象徴です。

そういう考え方を子供に教えないから、最近の若い子は、「竈に神さまなんかいるわけないじゃん」ということになる。

実際に、人知を超えたものというのは存在しますし、常識の範囲内ではこういうことは起こり得ない、というようなことも起きます。そういうことは僕も幾度も経験している。ただ、それを自分の霊能力だとか、自分が選ばれて神と対話したからだ、とは思いません。

誰にでもこういうことを感じる能力は備わっている、と思っています。

それをことさらに「超能力」と呼んで、奇蹟を起こす力のように表現するやり方は好きではありません。

「テレパシー」は「以心伝心」。「サイコキネシス」は「火事場の馬鹿力」。「予知能力」は「虫の知らせ」。元々我々が身につけている能力なのです。

余り使う必要が無くなったから、使い方を忘れているだけのような気がします。


ブラームスが、「死後五十年間は出版しないで欲しい」と遺言していたインタビュー録があるんです。『我、汝に為すべきことを教えん』というこの本は、ブラームスが神さまについて語っているもので、簡単に言ってしまえば、「音楽というのは、神さまに書かされる」というようなことが書いてある。

ただ、そういうことを生きてる間に言うと誤解されるから、自分の死後五十年は発表するな、と言い残していた。

神と対話をしなければ、このインスピレーションはあり得ない。そういう経験って、音楽家に限らず、ものを創る人なら誰でも一度や二度は経験してると思う。かくいう僕もそうです。

なぜこのフレーズが出て来たんだろう？
どうしてこのメロディを思い付いたんだろう？
なぜ、このフレーズとこのメロディを組み合わせようと思ったんだろう？

どうしてそう書いたのかは、誰にも分からない。後になってみれば、自分が考えたこともないような歌詞だって書くし、思った以上に凄いことを書いたりもしている。

後で歌ってみて、これって凄いじゃないか、本当に自分が書いたのか、と思うようなこともある。でも、自分が書いたのは動かしようのない事実です。他の誰かが書いたわけじゃない。そのとき、頭の中では色んなことが同時並行で行われていたんでしょうね。論理的に言うなら、イマジネーションの積み重ねが到達した結果に過ぎない。

ただ、いくら手慣れた行為とはいえ、この時間内にやってのけるのはどう考えてもあり得ない、ということもある。

六時間で六曲作った夜

さて、ブラームスを引き合いに出した後で自分の話などするのは誠に僭越ですが、ここから先の話は、まあ、僕のような程度の者でもこういう音楽体験ができるのだ、という一例として聞いてください。

ソロになって歌い出す前に、僕はギタリストの吉田政美と二人で、グレープというフォークデュオでデビューしていました。グレープは、みなさんのお陰で「精霊流し」というヒット曲を作ってもらいましたから、覚えてくださっている方もあると思います。

そのグレープは、三年弱の間活動し、三枚のオリジナルアルバムを出しました。

そのグレープ時代の最後のアルバム『コミュニケーション』に収録されている、「縁切寺」「無縁坂」「フレディもしくは三教街」「雲にらくがき」「19歳」「哀しきマリオネット」という六曲を、僕は一晩で書いたのです。

正味六時間で六曲。これはやはり一種のトランス状態に入っていたとしか、自分では考えられません。もちろん六曲を一晩で書くというのは、質やかける時間を度外視すれば不可能ではありません。

それでもこれ以後、こういうペースで曲作りをし、この確率で採用されたことは無いのです。

ということはつまり、この時は「何かの力」を借りていた、と思う方が自然ですね。

また、今でもファンクラブなどで人気投票をすると一、二位を争う「風に立つライオン」という唄は、歌って八分かかる唄ですが、これ、三十分で書いたんです。歌っても八分かかる唄を、なんで三十分で書けたのだろう。

これもまた「何かの力を借りた」と感じます。

通常のコンサートのステージでも、そのとき歌っている唄とは全く別のメロディが頭の中に浮かんで来ることがあります。全く異なる詞が浮かぶこともよくあります。ステージ上で何かにメモをとるわけにはいきませんから、それを脳内にメモリ、楽屋に戻ってから譜面にするのです。

これは特別なことではないと思います。音楽家なら通常あることなんです。

けれども、当人には自分で書いたという実感がなかったりもする。

また、夢の中で書いた曲、というのもあります。一所懸命曲作りをしていて、途中まで書いてコタツでうたた寝をしてしまった。

翌朝起きてみると歌詞が全部できあがっていて、ちゃんと自分の字で書いてある。

譜面こそ書いてなかったけれども、ギター・コードも脇に添えて書いてある。

ふとギターを見ると、昨夜《ゆうべ》寝る前とは違った場所に変調器（カポ・ダストロ）がつけてある。

恐る恐る歌ってみると、これがちゃんと歌える。

これまた当人には自分で作ったという実感など無い。こうなると誰かの曲の写しではないか、と不安になりますから、ひと月ほどは音楽好きのたくさんの友人や僕のスタッフにその曲を聴かせ、「これ、どこかで聞いたことある？」などと聞いて回ったものです。でもみな「いや？　いい曲じゃない」などと言うので、それからレコーディングをしたのです。

良くできた笑い話のようですが、これは「夢」という唄です。

こういう話をオカルティックに受け取られては困ります。

音楽家に限らず、「よくこの時間でこれだけのことが出来たな」というようなことは、どんな職業の人でも経験している筈です。

質も量も冷静に考えればとても無理、という高いレベルで仕事が出来た経験。

その量や質がそれ以後「いつも出来ること」になれば別ですが、たった一度や二度しか出来なかったことを「自分の力」と思うのは少し危険です。

実は、自分の謙虚さを計る物差しとして、「神さま」は存在する。「このような仕事をさせて下さってありがとうございます」と頭を下げられる人のところに「神さま」は降臨するのだと、僕は思います。

だって「これは自分がやったんだから、すべて自分の力なんだ」と思える人に神さまは不要です。

一方、神を信じている人は――心の中の、誰でもいいんです、お祖母ちゃんかもしれないし、ご先祖様かも分からない――何か分からないけれども、天という存在に対して、「この難局を切り抜けさせてくれてありがとうございます」、と思わず手を合わせる気持ちがある。

そういう風に生きていれば、煮詰まって煮詰まってどうしようもないときに、神さまに恨み言が言えるんです。なんでなんですか？　どうにかして下さいよ、と。対話の相手になってもらえるんですね。

それはけっして正しいとか誤りであるということではありません。

「神さま」は人の心の中に存在してるわけですから、根本的な自分との向かい合い方の差に過ぎないのです。

「神さま」というと、僕は服部良一先生のおっしゃった次の言葉を思い出します。

「〝音楽作品〟というものは、音楽家がその生命と魂を削って作り上げた、音楽の神に捧げる『供物《くもつ》』なのである」

自分の中の「神さま」とは大切に向かい合いたいですね。

第五章　教育とは何だろう？

約十年ぶりに国の「教育方針」が改正され、大失敗の「ゆとり教育」から当たり前の「国語力重視」へと転換する話が出ています。随分回り道をしましたね。

僕はこの十年以上、ずっとコンサートで訴え続けてきました。

「日本人が日本語が下手になったら、この国は終わる」と。

殊に、会話は意思の疎通のためにはきわめて重要な力です。

昔からテストの点数の付け方にもずっと疑問を持ってきました。

そもそも歴史や国語は点数で個人差を付ける必要のある科目じゃないはずです。国語や歴史は、本人の認識と興味こそが最も大切なものでしょう。

漢字や年号なんかは確かに正誤が明確にあるけれども、それはわざわざ覚えなければ生きてゆけないことじゃない。漢字は必要に応じて覚えていくものだし、年号を記憶することに意味はない。これは人に差を付けるためだけに〝点数の悪魔〟が考え出したものです。こんなもの、必要なときに年表を見て確認すればいい程度のものなのです。

さだまさし訳「大化の改新」

例えば、「鳴くよウグイス平安京」などと覚えます。平安遷都の年号記憶法です。「鳴くよ」で七九四年。けれど、この年号を覚えている人の何割が、この平安遷都の理由を説明できるんでしょうか。表向きの理由は色々ありますが、裏には日本の歴史とは切り離せない当時の日本人の「怨霊思想」というものの存在がある。実は殺した身内の祟りを恐れて都を移した、なんて言っても冗談だろうと言われそうですが、実際そういう重要な一面があります。

「大化の改新」という言葉も、ちょっとでも日本史を習った人なら記憶のどこかにあるはずです。ああ六四五年ね、とすぐに出てくる人もいるかもしれません。ただし、この出来事の意味を語ることの出来る人は少ないでしょう。

簡単に言ってしまえば、中大兄皇子《なかのおおえのみこ》が起こしたクーデターなわけですが、一頃は単なる豪族の一つ程度までに勢力が落ちていた天皇家は、この出来事で復興したんです。もし大化の改新がなければ、今の天皇制は随分違ったものになっていた可能性がある。

個人的には「あかねさす　紫野ゆき標野《しめの》ゆき　野守《のもり》はみずや　君が袖振る」という額《ぬか》田王《たのおおきみ》の歌。この背景にある、中大兄皇子と弟の大海人皇子《おおあまのみこ》との兄弟愛に興味があります。額田王は元々大海人皇子の彼女だったのを中大兄皇子がもらっちゃったわけです。それを当時の貴族たちはみんな知っている。

先の歌も今風に訳せば「あなたったら、狩り（ゲーム）の最中に、（観客席にいる）あたしに向かってそんな大げさにハンカチなんか振っちゃってみんなこっち見てるじゃん。（あなたと昔恋仲だったってことはみんな知ってるんだから）恥ずかしーじゃん。いやーん」ってな感じでしょうか。ちょいとお下劣だけど。

但しこれは額田王も中年を過ぎた頃、中大兄皇子も大海人皇子も、みんな居並ぶ宴会で詠ったわけですから、当時の男女関係は随分おおらかだったのだな、とそっちの方に感動してしまう。

きっとこの歌を聴いた中大兄皇子も「よお、よお、憎いねどうも。いいねえ、この幸せ者！」なんて額田王に言ったのかしら？

しかし中大兄皇子亡き後、政争が起き、中大兄皇子の息子「大友皇子」との戦い（壬《じん》申《しん》の乱）に勝った大海人皇子が皇位を継ぎ「天武天皇」となった。

実は天武天皇の時に歴史上初めて「天皇」という呼び名が使われたのです。だから大げさに言えば「初代天皇は天武天皇」。

〝それまでは「天皇」という呼び名は一般的には存在しなかったのよ〟

なんて話の方がよほど僕には面白い。

例えば、そんな教え方をすれば興味も湧くだろうに、と思うんですけどね。

ちょっと見方を変えるだけで、いくらでも物事は面白くなるし、そうやって覚えたことは「暗記しなさい」なんて言わなくても、忘れないと思うんです。

春の歩みはお母さんの足

昔、上手いと思ったＣＭコピーに、「桜の開花がニュースになる国って、すてきじゃないですか。」というのがありました。この発想とか感受性は素晴らしい。でもこれは本来日本人の持っている感性なんですね。「桜前線」という言葉は最近生まれた言葉でしょうが、これは、僕の好きな言葉の一つです。

この「桜前線」、日本列島を徐々に南から北に移動していくわけですが、その速度は一日ほぼ二十キロなんだそうです。二十キロってどのくらいの速さなんだろうと思って計算してみたら、一秒間に約二十三センチちょっとなんですね。

二十三センチちょっと、というのは、大体女の人の靴の大きさじゃないですか。つまり、春というのは、女の人の足の大きさ程の速さで、しゃなりしゃなりと近づいてくるものなんですね。


どうしてこういうことを、もっと学校で教えないのかな、と思います。もっとも、教えるにしても、ちゃんと段取りを踏まないと意味がない。いきなり「『桜前線』は女の人の足の大きさだよ」なんて言われても、「意味ワカンナーイ」で終わりでしょう。

――桜前線は一日約二十キロ進みます。

というところから始めて、ちゃんと計算させる。一秒間にどのくらい進むのかな、と。すると、二十三センチちょっとくらいと分かるわけですね。そこでまた、

――身の回りにある、二十三センチのものを探してみよう。

となり、誰かが「お母さんの足の大きさだ」と言うのを待つわけです。

そこで説明してやれば、子供たちはきっと忘れないし、うんと楽しく勉強できると思うんですよ。

こういう教え方をすれば、学校は楽しくなるんじゃないでしょうか。

お仕着せで、「桜前線は一日二十キロ。はい、覚えましょう」と言っても、それだけじゃ興味も湧かないし、覚えない。それを「こないだ教えたのに何で覚えてないの？どうして分からないの？」なんて詰め寄られたら、誰でも勉強嫌いになります。

桜前線に興味を持ったら、そうだな、次は「桜満開の法則」を教える。桜が満開になるのは、開花日から毎日の最高気温を足していって、それが百二十五度になる頃なんだそうです。そこで、毎日の最高気温はどのくらいか調べ、これからの気温を予測して、いつ頃満開になるかを計算して予想する。それだけでも十分楽しいじゃないですか。

そして、満開っていうのは八分咲きのことですよ、とも教える。九分を超えると散り始める花も出てくるから、一番綺麗なのは八分くらいなんだよ、と。

そこで先生が「八分が一番なんだから、八十点でいいじゃないか」などといってくれたら救われる生徒はさぞや多かろう。

子供たちはそれでも八十点よりは百点に近いほうが点数はいいに決まっている、とちゃんと知っています。

こんなふうに話してあげれば、子供たちの点数に対する意識も変わってくるんじゃないかと思うんですね。

桜一つとっても、まだまだ興味は尽きない。満開の後に、花は散る。それに関しても、咲く姿と同じくらいのドラマがある。

ところで、桜の花びらが落下する速度というのは、無風状態でおよそ秒速五十センチなんです。同じような速度のものを探した人がいて、それはボタン雪が無風状態ではらりと落ちてくるのとほぼ同じだという。そこで、「もしや」と思って僕も調べてみた。

蛍はどうなんだろう？

蛍は、追い風だと一秒間に一メートルくらい進む。向かい風だと三十センチくらいになる。ということは、平均を取れば五十センチから七十センチくらいになる。

これって偶然にしては出来過ぎですよね。桜の花びら、ボタン雪、蛍、これらの速度は大まかに言うならば、ほぼ同じ。この秒速五十センチというのは、日本人に刻まれた、心地よいリズムなんじゃないでしょうか。

こんなふうに四季を眺めてみれば、一年なんて「何事もなく」過ぎる、などということはないですね。

お花見の席だって、立派な学習の場になります。

川の水面《みなも》に花弁がぱーっと浮いて、絨毯みたいになって流れてゆく様子を「花筏《はないかだ》」と言う言い方があります。お花見の席で、たまたま隣にいたお年寄りからそんな言葉を教わるような場面があったら、それこそ確かな教育じゃないですか。

「へえ、『花筏』って言うんですか。そんな言葉全然知らなかった」なんて言いながら、若い衆とお年寄りが「まま、一献」などと一緒に酒を飲んでいる。なんていい光景なんだろうと思いますね。

こういう社会の「学舎」が人生の奥行きを拡げると思います。

四畳半「缶ピース」伝説

今はテストでの点数の取り方を上手に教える人のことを「良い先生」というようです。今の受験制度では仕方がないことです。その結果が人生に大きく影響を与えるのは事実だからです。

では勉強とは何でしょう。

点数を取るためのノウハウのことでしょうか？

僕は、高校の恩師に「学校というのは勉強しに来る所じゃないんだよ」と言われて、もの凄くショックを受けた。

恩師は「お前たちは学校に勉強をしに来ると思っているから、学校が終わったら勉強が修了したと勘違いをする」と言いだしました。

そしてこう続けたのです。「学校という場所は、勉強するための方法と手順を教わりに来る所なんだ。本当の勉強は、学校が終わってから、一生をかけて自分のためにするものなんだぞ」と。

また、その先生に「古典文学というものを『少年マガジン』や『平凡パンチ』みたいに読めるようにはなりたくないか？　俺は古典の何たるかを語るほど立派な教師ではないが、古語辞典が一冊あれば、それができる程度のイロハだけは教えてやるから黙ってついてこい」と言われて、急に勉強する気になったことがあります。これは財産になりました。

古典の中には、かなり突拍子もない面白いエピソードがありますよね。座輿で鼎《かなえ》を被ったら取れなくなっちゃって困ったお坊さんの話とか。そういう面白い話が沢山読めるんだと思った。

これは、テストで出るから覚えとけ、と言われるのとは全然違いますね。

今のテストのやり方では「記憶力」に重心があります。

だが覚える覚えないでいえば、いきなり「覚えましょう」と言われても、そう簡単に覚えられるわけがないんです。


「亜鉛と硫酸を混ぜると水素が発生します。はい、覚えましょう」

そんなこと言われても、すぐに頭に入るわけがない。テストという前提がないなら、「へえ」くらいのもんですよ。興味も湧かない。

こういう理科の授業でも、しっかりした先生になると、まず一時間かけて「予想」させるんです。今までの授業で学んだ亜鉛や硫酸の性質を思い出させて、混ぜるとどうなるか予測させ、班ごとに発表させたりする。

皆の意見が揃い、それから実際にやってみる。

一回しっかり考えると、結果が自分の予想と合っていようが間違っていようが、頭にすんなり入ってきます。これは、「覚える」んじゃなくて、「理解」するからなんですね。単なる詰め込みだと、混ぜる物の片方が変わったら、「覚えてないもん」ということで、すぐに分からなくなる。これは、想像力ですね。考える力とは、想像する力でもある。

このように、教えることに自分なりの価値基準をちゃんと持っている先生は、色々な場面で応用が利く。

半ば伝説と化してますけど、さっきの高校の恩師には、こんなエピソードもあります。

中学生、高校生になると、タバコを吸い始めたりする奴もいるじゃないですか。それが見つかれば、当然処分です。

先生も自分だって昔は同じようなことをしていたかもしれない。でも、だからといって子供たちを許しちゃダメなんです。大人、しかも先生には、歯を食いしばって後輩を教育するという大切な役割がありますから。

さてこの恩師は、タバコを吸ってる奴を見つけても、すぐに処分の方向へは持ってゆかない。その代わり、タバコ吸ってる生徒を見つけたら、次の日曜日に全員自分の家に呼ぶんです。

狭い四畳半の部屋に、生徒四人集めて、「今日呼ばれたわけは分かってるな」と始める。「お前ら学校で隠れてタバコ吸ってたな」「はい、吸ってました」。生徒たちは、処分されると思って来てるから、みんなビビりまくって殊勝になってる。

そこで「あのなあ、規則は規則だ。ダメなものはダメなんだ。でもな、オレの前なら吸っていいから。その代わり、オレ以外の人間の前では吸うな」と言い出すんですね。

生徒はみな、びっくりします。

話のわかる奴だな、と思うかもしれません。

と、先生はおもむろに両切りのピース五十本入りの缶（いわゆるピー缶）を一個ずつ生徒の前に置く。

それで「さあ吸え」と、自分も一緒に吸い始めるのです。

生徒が一服吸って火を消すと、「おいおい、なに遠慮してんだ、さあ吸え」とすぐに次の一本をくわえさせて火をつける。これがずっと続く。

こうなれば拷問みたいなもんですよ。そのうち、気分悪くなって吐きに行く奴が出たりする。でも、戻ってくると、先生ったら、にこにこしながら「あ、さあ吸え」とまたタバコを差し出す。

「オレの前ではいくら吸ってもいいからな。来週も午後一時にまた来い。好きなだけ吸わせてやるから」と、次の週も呼ばれて、締め切った四畳半で延々と缶ピースを吸わされる。

三週目にみんな音《ね》を上げて「先生、もう二度とタバコ吸わないから許して下さい」と謝っても、「そんな水くさいことを言うな。タバコなんてやめられるわけがないだろう。毎週オレの家へ来い」と言う。

生徒がとうとう泣きを入れて「先生、本当にバカなことをしました、もうしません」と本気で謝ると、先生は穏やかに「いいか。奇妙な決まりだと思っても決まりは決まりだ。二十歳までは吸うな。どうしても吸いたくなったら一週間我慢すれば、オレが吸わせてやるから。いいか分かったな」と。

さすがにワルを気取る奴でも、学校や人前で格好つけてタバコを吸うようなことはしなくなった。

こうして連中はタバコをやめました。

変な人だけど、凄い先生です。職員室では浮いていたと思いますけど。

こういう、自分なりの子供に対する向かい合い方というか、教育方針を持った先生が少なくなったというのは、今の子供たちの不幸の一つです。

先生の金メダル

前に文化放送でやっていた深夜放送「セイ！　ヤング」というラジオ番組に、こんな葉書が来たことがあります。

葉書をくれたその人は、代理教員として小学校に絵を教えに行ったとき、子供たちに校庭の木を描かせたことがあったそうです。

その中に、校庭に立つ大きな木の幹を、紫色に染めた絵を描いた子がいた。木の幹は、茶色とか焦げ茶に塗るのが普通でしょうから、「紫色」にはびっくりしますよね。そこで聞いてみた。

「よくあの木を見て？　こういう色じゃないんじゃないかなあ？」と。

そうしたら、その子は「いいんだ！　僕は紫が一番好きな色なんだ。僕はこの木が一番好きな木だ。だから、一番好きな色を、一番好きな木にあげたんだ」と答えた。

その先生は、子供に教えられたと、いたく感心したそうです。ところが、今の教育では、木を紫に塗る子に「最高点」をあげることはできない。でも、その子の感受性は素晴らしいと思うので何とか評価してあげたい。

そう思ったその先生は、自分で紙の金メダルを作り、その子にあげた。学校の都合で最高点の「5」をあげることは出来ないけれど、先生はあなたの絵をとても素晴らしいと思う。だから、特別に私からこの金メダルをあげますよ、と。

そんな葉書をラジオで読んだところ、驚いたことに、たまたまそのときの子が放送を聞いていたんですね。そして、すぐにその先生に手紙が届いたというんです。

葉書が読まれたのは、そのことがあって、何年も経ってからだったので、その子もずいぶん大きくなってたんですが、「あのときの金メダルは今も大事に飾ってあります」と書いてあって、その金メダルを首に掛けた写真を送ってきたという。子供のころじゃなく、大きくなった今の自分が首に掛けてる写真を。

しかもその子、今は美大で絵を勉強してるというんですね。画家になるんだ、と。

この話を聞いて、僕は涙が出た。

ある意味では、教育はこうあるべきだと思います。

杓子定規に決まり事で能力を判定するのではなくて、もっと別の観点で、先生がしっかりした教育観と「公平な愛」を持って当たれば、子供の将来の可能性はうんと拡がってゆくのではないでしょうか。

雑学と教養は全然違うもの

今は、知識と教養とがごっちゃになっています。

たくさんの知識があるというのは「記憶力」です。これもとても大切なこと。でも、それを「頭が良い」と言うのは少し違います。覚えたその知識を実生活に活かすことが出来なければ、ただの頭でっかちに過ぎません。

つまり知識を応用する能力のことを指して「教養」と言うのです。

本当に「頭の良い人」とは、臨機応変に対応できる「応用能力の高い人」のことなのです。

そういう人を育てる教育をしなきゃ、せっかくの学校がもったいない。

何かを知る、ということは、決して人にひけらかすためじゃないんです。自分の生活を豊かにするためなのです。

話の脈絡も何もなく「ねえねえこんなこと知ってる?」と雑学をひけらかされても、

「へ～」「へ～」で終わるのが良いところ。

どうしようか、と困り果てているときに「それならこういう方法があるんだよ」と教えてくれる人の方が有り難いですね。

情報を有機的に使うことができなければ意味が無いんです。

東大を出たけど応用力のない人より、学歴はないけど、日々の天候を観察して「あの山の稜線が見えたから晴れてくるよ」と言える人の方が、よっぽど人として豊かだと僕は思う。ちゃんと生活の中に知識を生かしていることが教養だからです。

何をどのように学んだかが大事なのであって、どこで誰に学んだかという「枠」に大きな意味はない筈です。

しかし残念ながら今は「いい大学」という「枠」に入ることが、勉強の「到達点」或いは「目的地」になっています。東大にでも入ろうものなら、妙な達成感があるので、「勝った！」と思える、ということなのでしょう。

「人生」という「枠」で言うなら、たかだか大学に入った程度のことで、まだまだどうなるか分からないのですが、こういう小さな結果を世間が騒ぐことで、本人に根拠のない自信だけを与えてしまうようです。

これは決して、点数を取るのが上手な人のことを誹謗して言うのではありません。

もちろん点数も取れて、応用力もきちんとある人はいます。

しかし哀しくなるほど、本当に少ない。

反面、点数は若干足りないが、人間性や教養の高い人は沢山います。

そういう人を点数だけでふるい落とすやり方がどうも僕にはなじめない。

一所懸命に探せば必ず「試験」の落としどころはある。

なのになぜ、公平で誰もが納得する試験制度を思いつくことが出来ないのか、という理由も分かっています。

点数取りだけが上手で良い大学に入り、出世した人たちが中心になって考えることだからです。ですからなかなか「点取り虫」の繁殖は衰えない。

今こそ真剣に「教育改革」を求めたい。

私的教育改革論――たとえば、十七歳で成人にしたらどうか

まず、六・三・三制の廃止を提唱したい。五・五でいいじゃないですか。

七歳で小学生になって、小学校の初等教育を五年、その後に中等教育五年。十年教育

したら終わりでいいのではないですか。十七歳になった段階で「私は○×になりたい」と思ったり、或いはまだまだ勉強したかったら、次に構えている、それぞれ専門の六年制の大学校に行けばいいんです。

きちんと見ていると分かりますが、十一歳と十二歳は全く違う。明らかに違いますね。だから六年生は別にしてあげないといけない。イギリスは、イレブン・エグザミネーションというのがあって、十一歳で区分けします。

外国のことはともかく、十二歳からは第二次性徴期になるから、身体そのものも変わっていきます。ですからここを区切りに、十二歳からの更に五年間で、中等教育をくります。そうしてこれを修了した十七歳で成人にすればよい。

十七歳は、今の制度では高校二年生です。十分いけるんじゃないですか？　僕は高二で卒業したかったですよ。だって、もう働けますからね。身体もほとんど出来上がってるし、精神的にももう子供じゃない。

酒もタバコも十七でOKにして、十七を成人にしちゃえばいいんです。

酒やタバコが身体に良くないということは二十歳になればバカでも分かることですか

ら。三年ぐらいバカをさせてもいいでしょう。

しかし十七歳成人でもすぐに選挙権は与えない。

これは六年間の大学校を出た人が社会に出てくる二十三歳か、あるいは、もっと引き上げて仕事も落ち着き、社会を見つめる「視野」が生まれ始める二十五歳くらいにするとかね。

選挙権を得るためには、ある程度の「資格」は必要だと思います。

選挙は国を変えます。なのに何も国の未来を考えないおバカに選挙権を与えてはなりません。おバカの方が多くなったら、上手な「おバカ使い」が政権を取ってしまうことになります。

今の選挙の悲しさは「早く選挙権が欲しい」と、誰も思わないことでしょう。憲法は、「主権在民」を謳っていて、その主権を発動する唯一の機会は国政選挙なんです。

でも、今の国民のどれだけが、このときに「主権を発動している」という責任を感じているのでしょうか。そもそも、国政選挙で自分たちの意見が通ると、誰か思っているのでしょうか。

政治家がいなくなったんでしょうね。よく言われるのが、政治屋一五パーセント、政治業者八〇パーセント、残った五パーセントが本当の政治家だって。

特に、いい顔の政治家がいないですね。その人の笑顔を見るだけで元気が出てくるとか、景気が良くなると思えてくるような政治家がいない。みんな、眉間に皺寄せて顰《しか》めっ面してる。

あの人素敵だなと思っていても、政治の世界に入ると次第に悪い顔になりますね。何かに取り憑かれたような。


「国を背負ってる」とか「お国のために、国民のために働く」という概念が政治家から失われてしまったとは思いたくありません。

官僚もそうです。悪い奴ばかりの筈がない、と信じたいのです。

しかし残念ながらみんな緩んだ。それは、一つには戦争のせいじゃないかと思う。「正しい＝勝つ」と「信じていた」戦争があんな形で終わったから、みんな羹《あつもの》に懲りて膾《なます》を吹くようになってしまった。

アメリカに気を遣い、どうにか国も立ち直り、このままでいいかな、と思うような平和安定が続くことでみんなが少しずつ「緩んで」しまったのです。

第三部　情の構造

第六章　「惜しまない」から始めよう

日本というのは、変な風に優しい国だな、と思うことがあります。

例えば、目の不自由な人のための音の出る信号機。こういう発想はとても暖かくて好きなんですが、あるとき外国人の友人に言われました。

「日本人は本当のところ、親切なのか不親切なのか分からない。何もあんなことしなくても、誰かが手を引いてあげれば済むことなのに」

そう言われて、なるほどと思った。その通りですからね。

障害者自立のためのサービスの一つではあっても、これは、ある意味では手間を惜しんでいるということなのかもしれない。

「コミュニケーション」という手間を惜しんでいる。

今の日本人に一番欠けてる言葉は、「惜しまない」ではないかと思う。みんな、何故色んなことを惜しむんでしょう。

すべてのステージは、一回しかない

今日出来ることは、今日しか出来ないんです。明日も出来る保証はない。特に、ある年齢を過ぎたら、体力も精神力も衰えていくのは避けられない。だったら、明日出来なくなることの方が多いはずです。

そう思ったら、惜しむ暇なんてないんですよ。

僕は、いつも「惜しむな、惜しむな」って自分に言い聞かせながらステージに立っています。その日持ってるものは、全部ポケットから出すようにしていますからね。「しまった、出し忘れた」ということはあるけれど「明日にとっておこう」なんて、考えたこともない。

かつて対談させていただいたときにうかがった、長嶋茂雄さんの素晴らしい言葉があります。

「今日の試合を見に来てくれたお客さんの中には、一生のうちたった一回だけ見に来たという人が必ずいる。一生に一度だけ見に来てくれた人に、元気のない長嶋を見せたくない。調子のいい悪いはあるけれど、ダメならダメなりに、『あの時の長嶋の空振り三振は綺麗だった』と言ってもらえるようなフルスイングを心がけた――」

この言葉は、胸に沁みた。僕の仕事も同じだと思った。

今日のコンサートに来てくれたお客さんは、今日しか会えない。死ぬまで会うことはないかもしれない。そう考えたら、惜しんでなんかいられないんですよ。こんなに声出して大丈夫かな、と思うときもありますが、結局は「今出る声は今しか出ない、だから出しちゃえ」となる。

例えば、千八百が定席のホールがあって、同じ観客が同じ席に揃うことは、もう二度とない。間違いなく一度きりのことです。これは、凄いことに思えてならないんですね。見ず知らずの人だけれど、その人の隣の席に座ることって、一生のうちで最初で最後でしょう。

しかも、それで知り合って結婚した人たちがいたりする。そういう話を何組も聞いてますからね。これは僕にとっては、神さまは存在している、と思える出来事の一つなんです。ありがたい仕事をしてるな、と自分で思います。こんなありがたい仕事してる人間が惜しんじゃダメなんです。

そして、惜しむほどのものを持ってるのかお前は、と自分で自分を嗤うんです。惜しんだらバレます。あ、今手を抜いてるな、余力残してるな、と客席から分かってしまう。手を抜いてバレないのは、よほどの天才だけでしょう。

いずれにしろ、僕には無理です。

エネルギーはお弁当と同じ

一方で、今の世の中は、全体的に惜しむ方に惜しむ方に向かっている気がしてならないんですね。

「余力を残して明日を迎える」のは大切ですが、身体がなまってしまう場合があります。僕らのエネルギーというのは、弁当と一緒なんです。明日までとっておいたからって、明日食べられるわけじゃない。今日の分は、しっかりその日のうちに味わっておかないといけない。

食べきれなくて残っちゃったから明日食べよう、というのはあるかもしれないけれど、沢山残しておけば明日沢山食べられるというものでもない。

もちろん、惜しまないでいるのはとても大変です。とにかく出し続けるわけですから、いつも自転車操業のようになる。常に仕入れないと新しいものを出せないので、敏感なアンテナが必要だし、いつでも勉強なんだ、という緊張感を持ち続けないといけない。

もっとも、惜しむ惜しまないという以前に、自分の「全力」とはどのくらいかを自分で知ってるのかな、と疑問に思ってしまうような人もいますね。本当に一歩も動けないほど頑張ったことがあるんだろうか、と。

ちょっと大変だと、「死にそうです」なんて誰でも軽く口にしますが、本当に死にそうなほど頑張ってる人を見たら、とてもそんなこと言えないでしょう。周りにも、「死ぬほど」頑張ってる人が減ってるのかもしれませんね。

だからといって頑張り過ぎて死んじゃっては元も子もないですが、自分の気力体力のぎりぎりを知ることもなく生きてゆくのはもったいないですね。

だって、もうちょっと頑張れるかもしれないんですから。

人は間違う生き物だから

行動を惜しまないのも大事ですが、気持ちを惜しまないのはもっと大事です。いくら目一杯やっているつもりでも、行動を起こす前段階、気持ちの時点で惜しんでしまっては何も出来なくなります。

あのときもう少し勇気があれば、なんてことは誰にでも経験があると思います。一手足りないんですね。

あそこで一言加えておけば良かった、というような思いは、僕も沢山経験しています。特にトラブルになったとき、後になって痛感しますね、あのときああしておけば、と。

最初の説明が足りなかったばかりに、後で膨大な量の説明や言い訳が必要になって、そうなるとどうしても脚色の臭いがして、荒唐無稽で嘘っぽく響く。一カ所でもそんなふうに感じられてしまったら、たとえ本当のことだって、全部が嘘のように感じられてしまう。

最初の一言を惜しんだために、「嘘吐き」呼ばわりされて終わるのは悲しいですね。

でも、一言でいいのに余計なことまで言って、事態を悪化させて後悔することもある。これがまた厄介で「言わなきゃ良かった」ということで傷ついてしまうと、今度はなかなか「言う」という勇気が出せなくなってしまうんですね。一手を惜しむ「原因」が生まれてしまう。

でも、ここで諦めてはいけないんです。惜しんだ結果を、自分でジャッジした方がいい。あれは惜しんで正解だった。でも、こっちは惜しむべきじゃなかった、と。

この判断を細かくすることです。もちろん、こういう労力を惜しむのは論外ですよ。そうやって毎回反省していけば、次に同じような局面に出会ったとき、きっと効果的な対処が出来ると思うんです。

勇気が必要なのは、問題が起きてしまってからも同じです。むしろ、事態は悪化しているから、より重要とも言える。

謝罪は、その場ですぐにするのが一番傷が少なくて済む。人は間違う生き物なんだから、ミスがあるのはしょうがない。問題は、それをどうリカバーし、どう繰り返さないか、でしょう。

謝らずに、うやむやにして済ませてしまうのは簡単です。でも、それは将来に禍根を残すことになりかねないし、なにより自分の中にわだかまりが残る。気持ちのいいことではない。

それに、謝罪というのは、時間が経てば経つほど、難しくなる。「今さら」という気持ちはどんどん強くなるし、引け目を感じてるから更に敷居が高くなって疎遠になり、謝るきっかけそのものもなくしてしまう。

だから、悪かったたな、ヤバイな、と思ったらすぐに謝ってしまえばいいんです。向こうだって大人ですから、素直に頭を下げられれば、折れるところは折れてくれるでしょうし、少なくとも自分の心の中では収まりがつく。

謝るのはカッコ悪いし、恥ずかしいし、面倒臭いかもしれない。でも、その一手を打っておくことが、どれだけ後々のためになるかを想像してみればいい。

自分は恥をかいたけれども、しかるべきときに堂々と頭を下げられた。オレはきちんと謝罪が出来るんだ、と思うのと、ああ、謝っておけば良かったな、つまらない意地張っちゃったな、と思いながら過ごすのと、どっちが心の財産になるでしょう。

そして、もし次に同じようなことがあったら、前より遥かに簡単に同じだけの勇気が出せる。一度、勇気を持てば、次からはどれだけ楽になるかしれないんです。

僕はしつこいので、何か問題が起きても決して投げません。とにかく諦めない。一番いいときの二子山部屋の相撲みたいなもんです。倒れて顔は土俵についても、手は絶対につかない、というようような、ね。

諦めた方が楽だな、と思うことも多いけれど、「投げたらあかん、投げたらあかん」と、自分に言い聞かせていく。こんがらがって縺《もつ》れてしまった糸は、見てるだけではどうにもならないけれど、触ってるうちに解決の糸口は見つかることがある。原因があって結果があるわけですから、逆に辿ればいつか必ず光明は見つかる。そう信じていい。

一気に解決しなくとも、それを仮に納めておく場所くらいは作れますから、とりあえず今日は出来るところまでやり、一旦おいて、明日続きをする。投げ出したら、そのまま腐って余計絡んでしまうものです。

少しずつでも、毎日解いていけば、いつかは元の姿に戻るはずです。

使えば増える「勇気」と「元気」

勇気が大事だ大事だと言ってると、大層なことのように聞こえるかもしれませんが、そんなことはありません。大変なのは最初だけで、後はどんどん楽になっていきます。なぜなら、勇気は使えば使うほど増えるからです。

我々人類共有の財産として、使っても減らないものが二つあるんです。そしてそれは、産まれたときに赤ん坊が両の掌で握りしめて来たものでもあります。

「勇気」と「元気」です。

あるとき、ステージで何となく言ったことですが、この時は本当に神が降りてきて僕の口を借りて語ったんじゃないかと思った。自分でふっと言ってみて、改めて実感した。「勇気」と「元気」は、減らないだけじゃなく、使えば使うほど増えるんですから。

他のほとんどのものは、使えば減っていきます。使って増えるものといったら、他には皺と歳くらいのものです。

「元気」と「勇気」と言うと、別々の二つのものみたいですが、言葉こそ違え、本質は一つです。

「元気」な奴は腹立つくらいいつも元気だし、どんどん元気になっていく。逆に、元気がない奴は、会う度に元気がなくなっていくように見える。

向かい合ってお茶を飲むだけで「元気を吸われそう」な奴もいる。

「勇気」もそうです。「あの時あれだけの勇気を持てていたら」という切ない後悔をすると、「あの時の勇気」を手に入れるのに七転八倒の苦しみを味わいます。しかし、

「あの時、よくあの勇気が私にあったなあ」という自信は、更に大きな勇気を、思いの外簡単に手に入れる力になるのです。

僕らは赤ん坊の時、右手に「勇気」、左手に「元気」を握って生まれてきたのです。

釈迦の弟子、または歌う置き薬屋

お釈迦様は三つのことを弟子に勧めた。それは座禅、托鉢、辻説法なのですね。

まず悩め、考えろ、と。更に人の施しを受けることで「感謝」を知れ、と。

誠に良くわかります。そして考えたことを人に伝えろ、と。

まさに僕の仕事がそうです。

自分と向かい合い、自分と語りながら曲作りをする。これは「座禅」に近いですね。

そうして施しを受けることで感謝を覚える。これはまさに「コンサート活動」または「曲を音盤に定着させて買って聴いて貰う」CDのことでしょうか。

そうして考えたことを伝えるというのは、「コンサート」そのものです。

なあんだ、おれはお釈迦様の教えた「行」を生きているのか、などと悦に入りながら、そのくせいつまでたっても悟らない己の未熟さを嘆いているのです。

そういうわけで僕は歌い手として全国でステージに立っているわけですが、僕に限らずこういうパフォーマーの仕事というのは、「今日来てくれた人がどうしたら元気が出るか」を考えることなんです。

コンサートというのは、別の見方をすれば「歌う置き薬屋」みたいなものですね。富山の薬売りと同じで、今年も来たよ、どうですか調子は、という感じ。ちょっと頭痛薬減ってますすね。風邪薬足しときましょうかね。今度、腹痛を治すいいのが出たんですよ。最近は悪い心の病気が流行ってるから、これ置いていきますよ。と、そういう感じなんです。また一年来られないわけだから、その間元気でいてもらえるようにするのがコンサートの役目。

僕はツアーで全国を廻るから、全国のいいところと嫌なところを本当に限無く見て歩くことになる。だから、他の人とはちょっと違う日本が僕の中にはあるのかもしれない。それだけに悪い病が蔓延している、あるいはしそうな雰囲気には敏感ですね。そういうときは、ちょっと話をして注意を喚起することにしている。何事も、早め早めの対処が回復の早道です。

この本も、そういう意味では一つの置き薬になったらいいですね。

第七章　コミュニケーション不全への処方箋

日本語というのは、便利な言葉です。美しいかどうかは主観の差があるけれど、便利なのは間違いない。語彙が豊富な人であれば、顔色一つ変えずに、自分の切なさとか悩みとか、そういった細かい精神状況を相手に伝えられるだけの機能を持っている。

一つの単語が十数の意味を持ったり、助詞や副詞の働きいかんで一つの単語の意味が十にも二十にも変化するということもない。高度で明確なんですね。

ノーベル平和賞も受賞した、ケニアの環境副大臣のワンガリ・マータイさんが来日したとき、「もったいない」という日本語に感動したといいます。そして今、世界に響け、と「MOTTAINAI」キャンペーンをやっているのは、ご存じの通りです。

「もったいない」という概念は、「そのものが持っている本当の価値、本当の力、それを発揮できない状態」を言うんです。

ところが、こういう言葉が外国にはないんですね。言葉がないということは、そういう考え方がないということです。だから、マータイさんは、日本語の「MOTTAINAI」をそのまま借りて、世界語にしようとしている。

日本語はそれだけ便利な言葉なのに、日本人がその便利さをみんな忘れてしまっている。

挨拶ができるのは偉いのか？

「ちゃんと挨拶をしましょう」なんて、わざわざ言われることじゃない。

朝は「おはよう」の一言からはじまるなんて、当然のこととして、この国では普通にそうしていたはずなんです。

だから、昔は「あいつは挨拶一つちゃんとできない」と罵倒された。それはそれは、とても恥ずかしいことだった。でも今は違うんです。「今時珍しく挨拶のきちんとできる子だ」というのが哀しいことに、褒め言葉になっている。あべこべです。褒めることじゃない、普通のことなんです。

家庭で会話がないのがいけないのでしょうか。家の中で顔を合わせても、ほとんど会話がないらしい。

今や生活時間がバラバラなので、一緒に食事をすることもない。それぞれ違うスケジュールで動いてるからそういうこともあるでしょうが、みんなでご飯が食べられるときは、少し誰かを待ったり、それに合わせてちょっと慌てたりしても、揃って一緒に食事することをおすすめします。

そういう時間はテレビはいらない。みんな集まって食事しながらテレビを見ていて、時々「ははは」って乾いた笑い声だけがする食卓なんて、寒気がするほど冷たいですね。

やってみるといい。テレビも何もなく、音もなくシーンとただ食べてると、それに耐えられなくなった誰かが何か喋ります。

仮に「今日、電車の中でね」とか、「いつか旅行したいね」とか、あなたが口火を切ると、それを受けて会話がつながってゆくでしょう？　もしも自分の言葉だけがうつろに響いていて、誰も反応しなかったら大いに反省した方がいい。そしてあきらめずにそれを繰り返すことです。それが通常のリズムとして定着すれば、会話はきっと帰ってきます。

今は兄弟が少ない時代だから、他の兄弟よりもっと自分が親に愛されたい、という「自己顕示欲」が不必要なのかもしれませんね。

でも、その割に一人っ子だからといって「自分は愛されている」という実感を持つことはとても難しいようです。

「お前を本当に愛しているよ。お前のことを大切に思うから厳しいことも言うんだよ」ということが、きちんと伝えられない親ばかりになったのでしょう。

会話不足の行き止まりがそこです。

自分が子供の頃にどう育てられたかは、子育てをするときに大切な要素になります。

「叱られる」より「叱る」方がつらい

親子の間だけでなく、外での人間関係でも会話不足の弊害が出ている。

こういうことをしたら相手がどう思うか、人の気持ちになって考える、という人が少なくなってきた。それもやはり、話をしないからだと思う。話している時は自然に相手の顔を見ているでしょう。だからこそ気付くことは沢山ある。自分にとっては何気ない一言だったのに、相手が急に顔色を変えて不愉快な顔をすれば「ああ、ちょっと言い過ぎたな」、或いは「意見が違うな」と分かるでしょう。そういう配慮をしない時代です。

本心を思い通りに、歯に衣着せず、正直にすぱっと相手に言うには、お互いの信頼関係がきちんと出来ていなければいけません。

そういう相手がそんなに沢山いるはずはないんです。時と場合、相手によって言い方を変えていくのが人付き合いだし、コミュニケーションでしょう。「マイペース」といえば格好がよいですが「人のことが考えられない」だけで、これは「利己主義」以前の「視野が狭すぎる」状態です。「幼児的自己中心主義」と言った方がいいでしょう。

それでいて本人に悪気はない、というのが更に始末におえない。だから自分が人を傷つけたと思い至らないのです。では自分は傷つかないかというと、もちろんそんなことはない。こういう人は自分が傷つくと大変です。他人には自分の怒りを遠慮しないのです。

日本では、古来こういう人を「馬鹿」と言ってきました。

大切な相手を傷つけるというのは、自分も一緒に傷つけることだと早く気づいてくれればいいですが。

僕らの世代の仲間に聞くと、会社で若い社員を相手にしていると、責任感が無いのに驚く、という人が多いです。

とにかく、若い子は自己正当化が上手い、というのですね。いかに自分が間違ったことをしていないか、という言い訳に長けている。だから、叱るにしても「それはあなたの側の理屈ですよ」というところから、反対側の視点まで解きほぐして説明していかなきゃならないし、それも相手に分かる言葉で説明してやらないといけない。今、人を叱るというのは本当に難しくなりましたね。良かれと思って心を尽くし、言葉を尽くして言っても、逆恨みされることもある。

少なくとも、「叱ってくれる」というのは自分に対する愛情の一つなんですから、むくれないで感謝すべきなんですが。

「叱る」方がつらいのにね。

手に負えないのは、相手が大人だってことですね。妙なプライドだけは強い。子供たちの方がよっぽど素直に人の話を聞いてくれる。

だから子供の内にきちんと道理を教えておきましょう。

ＮＨＫの受信料の問題も自己正当化のいい例ですね。不祥事が相次いでいて、みんなが受信料を払ってないから自分も払わない。こういう考え方を「卑怯」というのです。出すお金は少しでも減らしたい。そんなことはよく分かる。

しかしＮＨＫに対して本当に憤っているのなら「オレは払ってるから言わせてもらう」というのが筋でしょう。払わないなら絶対観ない、という「義」を感じない。卑怯です。

そういう卑怯さが日本全体を覆っているような気がしてならない。要するに「自分さえよければよい」なんです。自分の都合だけで生きるから「社会」や「国」という単位をあてにしない、という潔さもない。

まあ、困ったちゃんばかりです。

顔色をうかがう言葉たち

今は、テレビでも下品な言葉が垂れ流されています。

「これ食ってみ」「うめー」とか、普通にタレントが言いますよね。「まーじうめえ」とか「やっべえ、これ」とか。何がどんな風に美味しいのか、さっぱり分からない。甘いのかしょっぱいのかといった、基本的な情報さえ伝えていない。それが「表現」だと思っているタレントも怖いですが、それを通してしまうテレビ局はもっと恐ろしいですね。日本中の若い子がそれを真似する。それ程影響力のあるメディアなのです。テレビに関わる人間はもっと自覚を持たなきゃいけないと思います。「視聴覚教育」って言葉はもう死語ですが、今こそテレビ局の玄関にでかでかと掲げたいですね。

ちょっと前に流行った語尾を上げる言い方も気持ちが悪かったですね。「そういう間違ったぁ？　言葉遣い？　どうかと思う？　みたいな」っていうあれです。自分の意見を言いたいなら言えばいいのに、相手の顔色をうかがって、同意してるかどうかを確認しながら喋っているとしか思えない。同意を求めるから語尾が上がっちゃうんですね。今は少なくなりましたが、まだ治らない人がいる。自信が無くて顔色をうかがうのではなく、「同意を強要している」のですね。そのくせ相手が同意しなければ即座に撤退する用意が出来ている。同意が得られればどんどん先まで突き進む。これは「意見」とは言わない。

これ、言ってる当人にはあまり自覚がないんですね。この語尾上げ言葉に限らず、耳から入ってきて慣らされた言葉が、意識しないで口から出てしまう。僕もそうです。だから厄介なんです。テレビ番組を作る人たち、出演する人たちは、もっとそこの自覚を持つべきですね。自分たちが日本語を壊しているかもしれない、という危機感を持ちたいですね。

語尾上げみたいな不可思議な言い方が受け入れられるのも、人間関係の築き方が下手になってるからなんじゃないかと思います。

話し上手は聞き上手

こうなった原因は、やはり会話が少なくなったことにあるんでしょうね。普段十分な会話をしていないから、いざというときに相手を計りかねてしまう。相手の心の居場所が特定できないでいる。しょっちゅう一緒にいても、会話で意思疎通してなかったら同じですよね。

今は余り視線を合わせないで喋っている人が多いですね。ちらちら相手を見る。そのちらちらで、様子をうかがう。今の時代の、人との距離感なんだと思いますね。だから、会話じゃなくて、ただ一方的に喋りあってるだけという場面をよく見ます。相手の気持ちは分からないけれど、自分のことは話したい。悪しき「自己主張」の最たるものですね。

携帯メールというのが代表的な例になるでしょうか。頻繁にやりとりをしてそれでコミュニケーションを保てている気にはなっているようですが、これは会話とは違う。「会話」は文字通り「会って話す」です。文字を通してなら自分の思っていることを伝えられる。良く分かります。しかし何故伝えられるか、というと、相手が即座に反論できないからです。仕事上の携帯メールはもっと無機的です。「伝えたよ」という証拠として相手に送りつける。「え？　見てなかった」と言っても「送ったよ！」と言える。小心な恋心にはうってつけのメディアが携帯メールでしょうが、「送ったから」「相手が何も言ってこないから」自分の心が叶った、とはまさか思わないはず。

もっともっと実際に話すといいのに、と思います。

話し上手は聞き上手、と言って、会話の上手い人というのは話を聞くのも上手いんです。といっても、ただ黙って聞いてるということではないんですね。それじゃあ、壁と一緒ですから。

聞き上手の人は、実は好奇心が旺盛な人です。相手の話すことに興味が湧いたら、その人が語らなかったもう少し奥を知りたくなるんですね。だからつっこんで聞く。すると相手は「自分の話に興味を持ってくれてるな」と思うから乗ってくる。自分に関心を持っていると思えば、少しずつでも警戒心は緩んで、話しにくいことも自然と口に出すようになる。そうなったらしめたものですね。

つまらない話でも、懸命に興味を持つ努力をしながら聞く。そうすると、必ずもっと聞いてみたい何かは発見できるのです。

これを繰り返すことで聞き上手になれます。

質問は、気になるからすることですよね。そして、質問することで、相手の話を引き出すこともできる。ただ聞いてるだけなんて退屈ですから、こっちも相手と一緒に動いて楽しむ方がいい。ダンスみたいなものでしょう。

会話というのは、コミュニケーションの基本で、かつ最も有効な手段です。話している中で見えてくることは沢山あるし、親しい相手とは、単なる雑談でもとても楽しい。

軽々しく「性」に触れすぎた

一昨年、ハワイの空港で見たカップルには驚きました。

フライトまでの四、五十分、お互いずーっと黙ってるんですね。それぞれが音楽聞いたり、雑誌をぱらぱらめくったり。ガラガラのベンチにそれでもわざわざ隣同士で座っているから、他人ではないらしい。

最初は喧嘩してるのかと思ったんです。旅先で喧嘩するというのは、よくあることですからね。

ところが、いざ乗り込むときになったら、手をつないで機内に入っていく。別に喧嘩してたわけじゃなく、そういう風に過ごすことが彼らには至って普通だったようなんです。

男女の距離感も変わってきましたね。僕なんかが言うのは余計なお世話でしょうが、今の若い人はあまり健康優良な恋愛をしていないように見える。

一人は寂しいから恋人が欲しい、ならまだいい。恋人がいないなんて恥ずかしいから、「とりあえず誰かと」付き合ってみちゃう。

僕らの世代には考えられない選択です。もちろん付き合ってみるのはいいでしょう。接してるうちにお互いのことが分かって素敵な恋になればそれはそれでいい。けれど、「とりあえず」で寝ちゃう、性的関係を持つっていうのはどういうことなんだと思いますね。おいおい待てよ、と言いたくなる。

しかも、その後で「なんか一緒にいてもつまんない。やっぱりあなたとは違ったみたい」と言って別の男とくっついたりする。一体どうなってるのか理解不能です。

善悪とは違う次元の、貞操観念の変質ですね。

そんなことをしていて、本当に好きな人が出てきたときにどうするんだろう、と心配になりますが、「本当に好きな人と出会ったとき、恥ずかしくない自分でいたい」という考え方が、もうそもそもないんですね。

昔は、男女七歳にして席を同じゅうせず、という言葉があった。女性差別だ、なんて言われたけれども、今となっては、これは間違いを犯さないための重要なたしなみだったとも思える。離れているから、お互いに興味を持つものの、距離を取るし、慎みも持ったんです。

今は、軽々しく性に触れ過ぎなんじゃないでしょうか。せめて、自我を確立させてから性に触れるべきでしょう。知識ばっかり先に入ってくるから、どんどん耳年増になって、それが普通だと思いこんで「経験」したくなる。


この、性の問題については、この国は一回きちんと考え直さないといけないですね。

今の日本に公娼制度はない、ということになっている。でも、誰でも知っての通り、売春はないかというとそんなはずがない。

昭和三十三年三月三十一日に赤線が廃止されてから、日本では管理売春は犯罪なんです。逆に言えば、それまでは「公的」に認められていた。

徹底して禁止にしたのならいいですが、暗黙の了解というか、実際は黙認状態で管理売春も普通に存在する。

日本はこういう二重構造が多いですね。お酒は二十歳になってから、なんて言いながら、大学生の新入生歓迎コンパで、毎年大勢の急性アルコール中毒が出て救急車がてんてこ舞いするのはなぜですか。みんな、そんなに何年も浪人してるわけじゃないでしょう。

賭け事もいけないなんていいながら、賭けないで麻雀やってる奴はいるのかと思うし、パチンコだって換金がみとめられるなられっきとしたギャンブルです。

言葉面で誤魔化すのをやめなければ、この国はダブルスタンダードどころかトリプル、いえ、もうパラレルというか、多重構造になりますよ。

放送局もそうです。同和問題や障害者に関する言葉を、言い換えることによって当座を誤魔化して、そのことで却って「逆差別」が大きくなっていることを自覚するべきです。

にもかかわらず性に関する言葉はほとんど野放しです。

言葉として許せないのが「援助交際」ですね。明らかな少女買春を「交際」という美名にすり替えてしまって恥じないこの神経。物凄く質の悪い言い逃れでしかない。

法律でダメだと言っておきながら、実は黙認されていることが多すぎる。ダブルスタンダードも時には必要ですが、それがはびこってはいけないし、建て前が建て前としての意味を持たなくなったらお終いです。

もちろん、このダブルスタンダードの最たるものは〝自衛隊〟なわけですが、こういう二重構造を、何となく、なあなあで黙認してるのが、この国の大人たちが子供に舐められる原因になっている気がします。

子供はある意味で純粋で、鋭いから、こういう「綺麗事」を知らん顔で押し通すことが、余計に大人への信頼を損ねるのです。

第四部　義の崩壊

第八章　二束三文の正義

今の日本は「義」を失っています。

「正義」ではありません。一文字の「義」です。

「義」という言葉の中には、既に「人としての正しさ」という意味が含まれているんですね。「義によって助太刀いたす」とか「義を見てせざるは勇なきなり」の「義」です。

「義」には元々「人間として正しい思い」という意味があるのに、そこに更に「正」という字を付けているのが「正義」です。

分かり切ったことを敢えて「正しい」と重ねて強調する人の、かすかな胡散臭さに気付かないといけない。

また、人としての正しい心の働きが、法律を遵守するということとは違う場合があります。何故なら、法律を守ることで人を救うことが出来なくなることだってあるのです。

例えば、救急車を待つ時間も危ないというような、一刻を争う急病の人を病院まで運びたい。さて運転は出来るが免許証を持っていない。

これ、どうすることが人として正しいのでしょう。

本当に必要なことは何か？

例えば、新潟県中越地震のとき——これは、阪神・淡路大震災のときにも感じたことですけれども——、テレビ局のヘリコプターが、それは沢山、上空を飛んでいる。ただしそれは中継用のヘリコプターで、地上で困っている人たちに何かするわけではない。勝手な場所に降りるなんてことは、法律違反になる。飛行場以外での離着陸は禁止されていますからね。

でも、「水　食べ物　SOS」って書いてある場所に二度も行って、何もしないのは却って辛くないのかな、と思うんです。

一度目は準備がなかったかもしれない。でも、二度目は何らかの準備をしたっていいじゃないですか。そこで、水と食べ物を渡してくることを誰か責めるでしょうか。

できないことはないだろうと思うんです。近くに校庭がありましたから、そこにヘリを降ろすことはできただろうと。

法律違反で、仮に裁判になったとしても、緊急時の人助けだったら日本中が味方するはずです。報道機関としての使命、という観点からしても、よほど意味のある問題提起だと思うのですが。

ここで「法律で禁止されてるからしたくてもできない」と杓子定規に動くことで、被災者は更に何日も水や食べ物なしで過ごさないといけなくなる。医療品が必要な人だっているでしょうし、女性の生理用品や、オムツなんか切実なものだと思うんですよ。

こんなことも検討できないほど、日本人の判断能力は下がってきているんでしょうか。それでも「万が一の時の責任は誰が取るんだ」という責任論から抜け出せないのでしょうか。

テレビの強い影響力を知っているからこそ、もう少しきついことを言います。

尼崎で起きたJR福知山線の脱線事故でも、恐竜が首をもたげたみたいに、各社がこぞってクレーン車を出したり、ヘリコプターを飛ばしたりして現場を撮影していました。

真下では、レスキュー隊員が残骸の下から誰かの生きている証の「音」が聞こえないかと、懸命に耳をそばだてているその上を、あれだけ沢山のヘリコプターが爆音をあげて飛び回る。「救助の邪魔」になりはしないのか、とはらはらしました。

報道のなすべきことは、現場の一番「良い映像」をお茶の間に届けることだけなのでしょうか。また「良い映像」とはどういう性質のものなのでしょうか。しかも、カメラクルーは番組ごとにやって来て「良い」場所の取り合いになります。僕には事故現場をリアルに撮影するための場所確保が、報道の最大の使命だとは、どうしても思えないのです。

取材するテレビのスタッフにも、実は僕と同じ思いの人は沢山います。

犠牲者の遺族にマイクを突きつけて、「今のお気持ちを聞かせてください」、とはとても言えない、というディレクターやリポーターは多いのです。

しかし現場はある種の殺伐とした熱気で修羅場と化していますから、各社が並ぶと自分だけおいていかれるような気になってしまう。

だから「人として」はとても聞けないが、残念ながら「仕事として」聞かざるを得ないのです、とあるリポーターが僕に告白したことがあります。

遺族にしても、「今のお気持ち」なんて聞かなくったって人間なら分かるだろう、と思っていますから、「なんだお前ら、カメラどけろ、帰れ」と喰ってかかる人も多いのです。しかしそういう人の姿はできるだけ画面で流さない。

逆に涙ながらに故人の思い出を語ってくれる人、「好意的な取材対象」の姿だけを何度も何度も繰り返し流すことになります。

それはそうですね。「協力的なひと」の映像を流すことは、ある種のサブリミナル効果となって、次に「何か」が起きたときは「協力することが正しい」と視聴者に感じさせます。

誰も知らないことを誰よりも早く、ということが今やテレビの報道においては最も重要なのです。それは何故でしょうか？

簡単です。視聴者が求めるからです。

「視聴者が求めている」証明が「視聴率」で、これがあれば錦の御旗になります。求める人があるから危ない場所でも出かけていって報道しよう、という勇気になるのです。

僕は台風の現場中継はやめた方が良いと思います。何かあってからでは遅いのです。いや、そういうことが好きでやりたがる人がいるのも分かります。僕もどちらかというとそういうところがありますから。でも危険を冒してまで伝えなければならないことはそう多くないとも思うのです。

戦場からの報道など恐ろしいことです。

報道陣が無事だと、「何だ。戦争なんて意外に安全じゃないか」という誤った意識を持たせる可能性がある。また見ている側に、その報道者の「安全」ではなく「危険」を期待させたら、と考えると寒気がします。

イラク戦争の時に僕は、人が人を殺す場面を平然とテレビで見ていられない、見せるべきことでもない、と思いました。

しかし求めるから見せるのです。

国民の興味の性質によって報道する側の性質も変わる、ということです。

幾ら求められても見せない、という自己制御は当然報道機関にはあります。

しかし「刺激」に麻痺して、少しずつその抑制が緩んでいることも確かなのです。

たとえば事件や事故の被害者やその家族といった一番気づかわねばならない人々の心を、同じ「人」として忘れ去ってはなりません。

グレーゾーンという知恵

何でもきっちり法律によってYES・NO、或いは正・邪を決めればいいというものでもないと思います。

何でもかんでも法律で縛ってゆくと、人は法律の抜け道を見つけようとします。「法律上」のことではなしに「人の心としてはどうか」という問いが「義心」だと思うのです。

かつて裁判官だったある法律家が僕にこんなことを言いました。

「裁判をしていてね、この人は絶対に人間は悪くない、と分かるものだし、どうにかしてやりたい、と思うけれども、残念ながら法律上は有罪、と裁かざるを得ない。逆にこいつは絶対に悪人で、こいつを野放しにしたら沢山の人が迷惑をするはずだ、と思っても法律上無罪、と言わねばならないこともある。辛いよ」と。

欧米は、白黒をはっきり決めないと混乱する社会です。コンピュータみたいですね。

一方東洋は、白黒を明確にさせると人を傷つける場合がある、というのを理解している文化です。

だから、グレーゾーンという概念を持っているんですね。

でも、今の日本はどんどん白黒社会に近づきつつある。アメリカ式の変な部分ばかり取り入れてきた結果でしょうか。グレーを許さなくなってきている。グレーに対しては、全て怪しい、というネガティブな考え方しかないんですね。

疑わしきは罰せず、というのもグレーゾーンの考え方です。もちろん、それを隠れ蓑にする連中もいるから、グレーをなくそうという意見が出るのも分かりますが、自動車でもハンドルに遊びがないと運転は難しいですよ。

このグレーゾーンというのは、歴史の中で培われてきた生活の知恵なんです。竹島の問題だって、今までグレーゾーンで処理してきたことでしょう。それを今になって急に白黒つけようたって、簡単にはいくはずがない。

白黒文化になりつつあるのは、日本だけじゃないってことですね。欧米式の白黒文化が、どんどん東洋に浸透してきている。

グレーゾーンがなくなると、「まあまあ、ここらで」という仲裁が出来る人がいなくなる。今は、仲裁じゃなくて「停止」させるしかない。当事者に対して強権を持つ人間が、圧力をかけて問題を一時停止させる。

これは、解決でも何でもないんです。

対話というのは、グレーゾーンの最たるものです。向こうが白と言い張り、こちらは黒と言い張るとき、会話を重ねることでお互いにちょっとずつ歩み寄って来る。もちろん、それぞれ元いた場所が正しいと思ってるわけですから、これは「妥協」です。

最近になって外国でも「ファジー」などという考え方が出てきましたが、これと我々のいう「落としどころ」としての「妥協」はまた違うようです。

だから、国際的にも、こういう考え方を我々はする、悪意はないのだ、そういう文化なのだ、と喧嘩腰にではなく、他の文化圏の人々に理解を求め、伝えることが大事だと思う。

ここで注意しておきたいのは、前章でお話しした「ダブルスタンダード」と、ここでお話しする「グレーゾーン」は、一見似た物に見えますが実際は全然違う、ということです。グレーゾーンは、「お互いの歩み寄り」あるいは、「相互理解」が前提となっています。大人の関係ですね。お互いが大人同士であるか、そうでなければ、大人の第三者が間に入って、「まあまあ」とことを納めている。

しかし、「ダブルスタンダード」は、突然生じた齟齬《そご》を無理矢理押し通すために、「放置」している状態に近い。だから、歩み寄りや理解にはほど遠い、表面上の「すり替え」や「言い換え」だけで成り立っている。「なあなあ」です。

「まあまあ」と「なあなあ」は、似ていますが、まったく違う言葉だし、異なる文化背景を持っているのです。

三方一両損の思想

落語に、「三方一両損」という大岡裁きの話があります。

三両のお金を拾った江戸っ子が、落とし主の所までそれを届けに行くと、落とし主の江戸っ子が、

「財布はオレの物だから返してもらうが、金は一旦、オレの懐から出て行ったもの。オレの懐をいやがって出てったものはいらねえ。お前にくれてやる」

一方、届けに来た方は、

「ふざけるな。礼も言わずに、なんて言いぐさだ。こっちだって落とし主が判って、一

度届けに来た金を、ハイそうですかと貰って帰れるか」

　というので大喧嘩になり、大岡越前の裁きを受けることになる。

「二人とも正直なのは分かった」と、大岡越前は自分の財布から一両取り出し、「この三両に、オレが一両足して、四両にしよう。この四両を、二人で分けて、それぞれ二両ずつ持って帰れ」と言います。

「拾い主のお前は、黙って貰っておけば三両なのに、一両減って二両になった。落とし主のお前は、三両返ってきた金を意地を張ったがために一両減って二両になった。オレもこの話に首を突っ込まなければここで自分のお金をだす必要はなかったから、一両減った。みんな一両ずつ損をしたことになる。三方一両損ということでいこうじゃないか。納得しろ」

　という名裁きを見せるんですが、今はこういう大人の裁定をできる人がいない。三方一両損という言葉も、半死半生語かもしれない。

「腹芸」の出来る、本当の、ちゃんとした大人が減った。

「少年のように純粋な心を持った大人」というのは素晴らしいと思うけれど、いつまでもガキみたいなのは最低です。

大人の世界がそうなんですから、子供が子供らしくいられる筈がない。

今の四十歳代、五十歳代くらいまでの世代は、子供の頃にイジメはあっても、リンチは今ほどなかったはずなんです。どこかで「もういいだろう」と言う奴がいた。今は子供の頃に殴り合いを経験せず、喧嘩もろくにしないから、加減が分からない。大勢集まると、群集心理で「やっちゃえやっちゃえ」となる。倒れた相手にのし掛かるとか、倒れている顔に更に蹴りを入れるというのは、既に喧嘩じゃない。ドラマか漫画の世界です。これをしたら、本当に殺すことになる。

喧嘩にも暗黙のルールがあったはずで、刃物を持ち出したりするのはルール違反だった。正当な喧嘩から外れてるという意味で、僕らはそれを「不良」と呼んだ。無法者、という意味です。

だから、どんなに腕っ節の強い悪ガキでも、素手で喧嘩をする奴はどこかみんなに認められる存在だった。そして、そういう奴は、きちんと限度を知っていて、程度を超えた行為にストップを言える存在でした。

ガキ大将といわれた子供には、「親分」として全体を見る責任感もあった。

こうして昔の子供には、子供同士のサーモスタットが存在したのです。集団遊びをしたからでしょう。

「やり過ぎだ」という判断、それを口に出すこと、これも「義」です。

今、日本からは義がどんどん失われている。

「義の滅亡」、これは由々しき問題です。

日本人によく似た西洋人

何でもかんでも欧米式に、合理的に合理的にってことで推し進めていっていいのかな、と思う。それが大事なのは分かるし、便利なのも分かる。欧米を真似ること、取り入れることで日本の経済は発展してきた。それは事実。

でも、技術や思想を取り入れることと、精神性を受け入れることとは違うと思うんです。

かつて、小泉八雲は、こんなことを書いています。

特に興味を持って読んだ経験がなければ、八雲のことを単なる「お化け話の好きな変な外国人」と思っているかもしれませんね。

僕もそうで、八雲と言えば『怪談』でした。

でも、他の著作を読んでみると、『怪談』は、彼の仕事の中ではそれほど重要なものではなかったようにさえ思えてくる。彼の一番大きな仕事は、当時の日本の姿を諸外国に知らせる、ということだったように感じられるんです。

もっとも、日本が大好きで、日本人にちやほやされて、日本に長い間住んでいた人の書いた文章ですから、額面通りには受け取らないほうが良いかもしれない。それでも、僕は『知られぬ日本の面影』という本に収録されている「日本人の微笑」というエッセイに、涙が止まらなかった。

かなり長い文章ですから、全部は無理なので、最後の部分だけ引用します。興味を持っていただけたら、是非原典にあたって下さい。明治二十六年に書かれたものです。

だがその過去へ——日本の若い世代が軽蔑《けいべつ》すべきものとみなしている自国の過去へ、日本人が将来振り返る日が必ず来るであろう、ちょうど我々西洋人が古代ギリシャ文明を振り返るように。その時日本人は昔の人が単純素朴な喜びに満足できたことを羨《うらやま》しく思いもするだろう。その時はもう失われているに相違ない純粋な生きる喜びの感覚、自然と親しく、神の子のようにまじわった昔と、その自然との睦《むつま》じさをそのまま映したありし日の驚くべき芸術——そうした感覚や芸術の喪失を将来の日本人は残念な遺憾《いかん》なことに思うだろう。その時になって日本人は昔の世界がどれほど光輝いて美しいものであったか、あらためて思い返すに相違ない。その時になって彼等は歎くにちがいない。いまは消え失せてしまった古風な忍耐や自己犠牲、古風な礼儀、昔からの信仰にひそんだ深い人間的な詩情……日本人はその時多くの事物を思い返して驚きまた歎くに相違ない。とくに古代の神々の顔を見、表情を見なおして驚くに相違ない。なぜならその神々の微笑はかつては日本人自身の似顔絵であり、その日本人自身の微笑でもあったのだから。

（『明治日本の面影』講談社学術文庫より）

　これが当たっているとか、当たっていないとか、明治時代に今を予言していて凄いとか、そういうこととは関係なく、僕は何かに胸を突かれた気がして、涙が止まらなかった。

「大事なものを置き忘れてきちゃいませんか」と、百年以上前の、会ったこともない外国人に教えられた。

まだ間に合うと思う。このままでは、日本人は大切な心を喪失してしまうんじゃないか、そんなふうに思えてならないんです。

第九章　想像力はどこへ行った？

今の日本がなんでこんなおかしなことになっちゃったんだろうと考えていたら、人々の心の中の「想像力」がなくなったんだな、と思い当たったんです。

一手先が足りないんですね。もう一つ先を考えてくれればいいのに、ということが沢山ある。

単純な例で言えば、車同士がすれ違うのがやっとの狭い道路があるとします。そこに、路肩に片方を乗り上げて一台の商業車が停まっている。宅配便とか、コンビニの配送車とか。でもまあ百歩譲ればこれは仕事です。用事が済めばいなくなる。一時間も二時間もそこにいるわけじゃない。ただ、問題はそういうときの車の停め方です。

先に路駐してる車の真反対側に平然と停めてある場合があるのです。いや、どちらが先に停めたのかは分からないのだけれども。でもどちらが先にせよ、後で停める方がちょっと考えれば分かるんです。ここに停めたらマズイな、って。あと五メートルでもいいからズラせば楽に他の車も通れるのに、見事に向かい側に停めるから、道路は息を殺してすり抜けなければならないほど狭くなり、大型車や救急車などは通れなくなってしまう。

きっとその場所が、後で停めた人にとって最も都合がよいのでしょうね。だから自分が車を停めたら、もうそれでいい。ここに停めたらその後でその道路が渋滞するのではないか、という「想像力」を持たないのです。それとも「想像力」はあるはずなのに「想像」しないのでしょうか。

今の日本人の頭の中って、そんな感じなんじゃないでしょうか。思考が停止しちゃってる。

或いは思考を拒否しちゃっている。または思考する必要がないほど危険が少ない。

ホテルでエレベータに乗って驚くのは、ドアが開いたとき、出口を塞ぐように真正面にぼーっと立っている大人の多いこと。

僕が子供の頃は、電車でも「一降り、二乗り、三発車」って教わったものです。まず降りる人が優先で、次に乗る人、それからやっとスタート、という基本的なイロハがもはやない。

これも、想像力の欠如ですね。「降りる人がいるだろうな」と想像する力があれば、真ん前に立ってたら邪魔だと分かるはず。「公共心」の基本です。

「ジコチュー」って言葉がありますが、それ以前です。別に自分さえ良ければいい、と考えているわけじゃなく、そんなことすら考えていない。自分以外のことに関心がないんですね。

ここまですべてのことに無関心でいられるのは、ある意味で凄いと思います。

感謝をなくした日本人

無菌培養みたいな育てられ方をしてきたのが原因なんでしょうか。僕は、「おとりおき世代」って呼んでるんですが、ご飯のときに「食べようが食べまいが、自分の分がちゃんととってある世代」のことです。

かつてはそうじゃなかった。ご飯どきは戦争で、家族間でも熾烈な争いがあった。

「いらない」なんて言おうものなら、「じゃあ」ってんであっという間に兄弟なり親なりの胃袋に納まったものです。

「好きなものだから後で食べよう」などと思ってお皿の上に何時までも置いておきでもしたら、脇から兄弟が「いらないの？」と言ったか言わないかのうちに先にぱっと食べちゃったりします。

だから僕らの世代は、好きなものほど先に食べる習性が身に付いてしまった人も多いのです。

ところが今は、食卓で「いらない」と言っても、親は「ああ、そうなの」で済ませてしまう。

どうするかというと、「いらないから捨てる」ですからね。食べ物でも。

何か違う気がするんですよ。

「感謝」がないんでしょうね。

今の私たちには「感謝」という意識が存在しない。食卓を飾る食べ物への感謝もなければ、親への感謝もない。

なぜ感謝しないかというと、何でも揃っているから、何があっても不思議だと思わない。すると次第に好奇心がなくなって、物事を不思議だと思わなくなります。何もかも、そこにある物をそのまま受け入れて平気なんですね。そのくせ、変な屁理屈は知っている。

「ご飯が食べられるのは誰のおかげ？」

「誰のって、だってお米あるし」

「じゃあ、そのお米があるのはどうして？」

「米屋で売ってるからでしょ」

「じゃあ、お米屋さんはどこからお米を仕入れたの？」

「どっかでお百姓さんが作ってるんでしょ」

「そのお百姓さんのおかげじゃないの？」

「だって仕事でしょ。これで稼いでるんでしょ。こっちが食べてやってるから、向こうだって生活できるんじゃない。別にいいよもう、面倒くさいなあ。じゃ、パンにするよ」

こんな感じです。小麦もお百姓さんが作って居るんだけど。

親への感謝もなし。

「だって、産んでくれなんて頼んだ覚えないもん」

ってな具合ですね。もう絶句するしかない。話が嚙み合わないんです。こちらは筋道を立てて話をしようとしてるのに、わざとなのか天然なのか、巧みに論点をすり替えていく。

波の立つ過程を説明するのに、「風が吹いていてね、海面がさざ波だって」なんて一所懸命説明してると、「いや、風、関係ないっしょ？　その前に水があるから波が立つんでしょ」なんて言われる。確かに観点を変えればそうなんだけど、そういう話じゃないというこちらの慮《おもんぱか》りを理解出来ない。

けっして大袈裟ではないのです。現実はそういうところに来ています。

感謝がいらないほど、みんな中途半端に裕福になっちゃったってことなんでしょうか。日本は本来感謝の国だったはずなんです。生かされている感謝、目の前に食べ物がある感謝、今ここに雨が降ってくれる感謝、ここで火が燃えていてくれる感謝、この服を着ていられる感謝、服を作ってくれた人に対する感謝……、といった具合に。

先にもお話しした八百万の神、という言葉がそれを表している。およそ身の回りにあるすべての物に神が宿るという考え方ですね。竃の中に神さまがいるなんていう国は、そうはないと思うし、服を縫ってくれた針に感謝して、最後は柔らかいお豆腐やこんにゃくに刺して感謝を表現する「針供養」。

これなんて、凄く優しい気持ちだし、素晴らしい「想像力」だと思います。

僕がラジオでＤＪをやっていたときは、それに倣って「葉書供養」というのをしていました。毎日届く葉書を全部ストックしておくのは無理ですから、定期的にまとめて処分しなきゃいけなくなる。でも、番組を作ってくれているのは葉書だし、そこにはリスナーの想いが込められている。そう思ったら、やはり「処分」じゃなくて「供養」なんです。そういう精神性は、当たり前のものだったはず。

でも、いつの間にか「便利さ」や「物の豊かさ」に慣れてしまうことで、そういう感謝の気持ちが薄れていったように見える。

消えてしまった、と言っていいかもしれない。だから、感謝をどう表現してよいのかすらも分からなくなっている。

その端的な例が、「すみません」って言葉ですね。何かあって、感謝の意を伝えるべき場面で、今の人たちの多くはまず「すみません」って言います。

「何か落としましたよ」と、拾ってあげると、「すみません」と受け取る。ここは本当は「ありがとうございます」と言うべきでしょう。「すまない」は謝罪の言葉です。だから、なんで謝ってるのかな、と思う。落としてすみませんとか、拾っていただいて申し訳ないとか、そういう意味合いなのは分かるけれど、本当は先に、まず「ありがとう」という感謝の言葉が出るべきでしょう。

何かに感謝しなくても最低限食えてしまう、生活できてしまうっていうのは恐ろしいことですね。みんな、今の自分がどれだけ恵まれているか、豊かなのか分からなくて、疑問を持たなくなった。

昔はみんな貧しかったけれど、必ずしも心は「不幸」ではなかった。しかし今は、みんながある程度豊かなのに、心が「不幸」な顔をしていますね。

もったいない話です。

貧しさを知らなければ、本当の意味での豊かさは分からないと思うんですよ。田村隆一という詩人が、日本には「貧の文化」があったはずだ、と言っていたのを思い出します。貧しいから助け合うし、謙譲の美徳も貧しさを知っているから生まれる。それが、ひいては品の良さ、「品の文化」になっていたはずだと言うんですね。

確かにそうだと思う。中途半端な豊かさと引き替えに失ったもの、追い出されたものが余りに多いんじゃないかと思うんです。

人肌の温泉に慣らされた

みんな、人肌の温泉につかることに慣れてしまったんですね、きっと。

昔、人肌の温泉に入ったことがあるんです。春の初めで、まだ冷たい風の吹きすさぶ中でした。しかも、屋内じゃなくて、河原の脇にある露天風呂。そんな場所で人肌のお湯なんかにつかってたら、もう一生出たくなくなります。

きっと今の日本人って、そんな感じなんじゃないかと思う。

自分の体温の延長線上にある世界。さして違和感を感じなくていいような、居心地のいい世界から出たくないし、また出る必要もないと思ってる。

自分が寒風に身を晒すなんて、考えたくもないんでしょうね。勘弁してくれ、なんで自分が、と。とはいえ、身を晒さなきゃ体も拭けないし、パンツもはけない。理屈じゃ分かってるのに、なかなか行動に移せない。

どうも世の中ピンチだなあ、と思っていても、何時か誰かが、例えばウルトラマンなんかが助けに来てくれるんじゃないか、なんて子供じみた逃げ場に平然と心を逃がしてしまう。この国がピンチでも絶対ウルトラマンは来ない。

これは「想像」ではなく、「妄想」「幻想」ですね。

しかし誰もどうにもしてくれそうにないと、しばらくすると上がって体を拭くんですね。そこで初めて「ああ、やっぱり寒かった」と実感する。それじゃあ遅いんです。これが人生だったらもう手遅れ。

入る前に状況を見てちょっと考えれば分かるんです。手近な所にタオルを置いておくとか、近くに暖かそうな場所を捜しておくとか。いくらでも準備のしようはあるのに、とりあえず寒いから温泉につかる。出るときのことまで考えない。

そんな風に仕事が緩んでいった例は山ほどあります。昨今問題になった耐震強度偽装の騒ぎなどは分かりやすい例ですね。

設計士は仕事が欲しい。だからそのように依頼されれば手抜き工事を誘導する図面を引く。誰にも指摘されずに検査が通ったから、建築会社は堂々と建てる。この時、実際に施工している現場の人に「おかしい」と感じた人だって居たはずです。

しかし「おかしい」と言えば自分の立場が怪しくなるという事情があったかもしれないし、言ってももみ消されたのかも知れない。いや、或いはもしかしたら緩みきっていて、「おかしい」ということすら考えずに、言われるがままに黙々と働いただけかも知れない。こうして少しずつ誰もが緩んでいった結果、切ない切ない被害者が出る。

こういう物を建てて売ったら、大地震の時に「倒壊するかもしれない」。その時に死んでしまう人が出る「可能性もある」。しかし、それでも構わない。というのはもしかしたら殺人未遂にあたりませんか。いわゆる「未必の故意」に。

「でも大丈夫じゃないかな」という根拠のない期待にすがって一つめの「ズル」をして、みつからなかったから二つめの「ズル」をする。三つ、四つ、と続けるうち「ズル」がシステム化されて普通になり、慣れて痛みを感じなくなる、というのは犯罪の上では極めて良くある転落のケースですね。

家を買うというのは一生の仕事です。人生をかけて、お金もかけて購《あがな》った家がこれでは一体自分の人生は何だったのだろうか、と思います。

作る人はそういう「想像」をしなかったのでしょうか。いえ、きっと頭をよぎった筈ですね。なのに何故実行してしまったのでしょうか。一体何と引き替えにプロとしての心を悪魔に売ったのでしょうか。誰か止める人があれば此処までやらなかったはずです。関わり合った全員が少しずつ緩んでいたのですね。

こんなマンションを買ったり、ホテルを建ててしまったことで、人生設計が大きく狂った人を、誰が、どう救うのか、考えるだけでも腹立たしく哀しくなる事件です。

そうそう、温泉と言えば、一昨年、白骨温泉の騒ぎがありましたよね。乳白色に濁っているのが売りのお湯が濁らないで澄んじゃったので、それに気づいた番頭さんが、これは大変だって、お風呂に入浴剤を入れて白く濁らせていた、という。

確かに人を騙すのは悪いことだけれども、この話は耐震強度偽装事件とは本質も重さも全然違います。

実は、僕はその番頭さんを抱きしめたいくらい、「人間として」何だか気持ちが分かるんですよ。県の知事さんまで出張って騒ぐほどの大したことじゃないだろう、と思う。番頭さんったら、誤魔化すのに、「草津温泉の素」って入浴剤を入れてるところに、心の痛みと、温泉客に対するせめてもの、そこはかとない愛が感じられるじゃないですか。

しかもこれは白骨温泉の宿の全部がやってたわけじゃない。一部ですよ。それなのに、大騒ぎになってみんな行かなくなっちゃった。

あれは白骨温泉に生業を持つ人々の生活まで奪うほど極悪事件だったのでしょうか?

一番不思議だったのは、あれだけ大騒ぎしたのに、「何故」濁っていたお湯が澄んでしまったのか、という理由については誰も深く考えず、ほとんど報道もされなかったことです。そんなことまで想像が廻らなかったんでしょうか。

僕は地元近くに家があるから思いつくんです。

素人でも安房《あぼう》トンネルに何らかの関係があるだろう、ってことは想像できます。安房峠に行ってみれば分かります。あんな温泉の巣みたいな所に、大きなコンクリートのトンネルを通せば、地中の「水の道」「湯の道」が変わるに決まっている。温度も変わるだろうし、成分だって色だって変わるのは当たり前。それなのに、そのことは話題にもならず、報道もされない。

少なくとも僕は、この事件は白骨温泉の人たちの生活を追いつめるほど責め立てなければならないような話ではないと思う。

それでも、全てではありませんが多くのマスコミは、社会保険庁の役人が五兆七千億円をドブに捨てたって話と同じテンションで騒ぎ立てる。

それを見て騒ぎ、憤る日本人。

これは奇妙な光景です。

正論が通じなければどうするか

この国ではなかなか正論は通じないんです。だから、ある種の処世術が必要になる。みなさん経験があると思いますが、事情を分かっていればいるほど、正論を振りかざすと「そんな子供みたいなこと言うなよ」とたしなめられる。ただ、処世術の中に正論を紛れ込ませることは出来るはずなんです。

僕は、男の道には三道ある、と思っています。奇道、覇道、王道、の三つです。

奇道。たとえば強い人間に寄り添うことで、手っ取り早く自分の道を進み、乗り換えていく生き方。秀吉を引き合いに出す人もいます。

覇道は、自分の力だけで強引に道を切り拓いていくから、自分の力が衰えると道はばったりと途絶えてしまう。先ほどのを秀吉に喩えるならこれは信長ですね。

王道というのは、ふと気づいたらみんなが道を空けてくれている、というもの。今の話の流れなら家康になります。でも、家康は処世の人でもあったわけで、自分の「正論」を通せる日が来るのを、実に周到に根回しをして待っていた。待ってただけじゃなくて、ちゃんと地盤を作っていたんですね。周りから浮かないように、見えないところで己を通す。これがまっとうな処世術。

王道とは忍耐強い処世を言うのでしょうか。

一番難しく、忍耐がいるのは王道です。手っ取り早いのは覇道ですが、大概が短命に終わる。ともかく一番嫌われるのが奇道。

しかし今の日本の政治は奇道そのものですね。いえ、奇道とも呼べない。アメリカに寄り添ってお追従しているだけ。

それが日本人のプライドをズタズタにしているし、アジアでも嫌われる原因になってるんじゃないかと思う。

「正論」を振りかざし、「義」を力で貫くべきだ、とまでは言いませんが、今の日本は肝心なことを曖昧に誤魔化しているようにしか見えない。

それは、靖国の問題の処し方を見ても明らかです。

パフォーマンスとしての靖国参拝はそんなに大事だろうか

毎年毎年、首相の靖国神社公式参拝について議論になりますが、よくまあ飽きもせず同じことを繰り返すものだと思います。政治家もマスコミも。

総理の靖国公式参拝と外交問題を秤にかけたとき、そこまで突っ張ってやる意味をきちんと分かり易く、公平に説明していただかないと困る。

「日本のために死んでいった人を平和の念を込めて参拝するのが何故悪い」というのは正論ですが、向こうが問題にしているのは「筋論」ではない。

日本の総理の政治姿勢に対して反発をして、「靖国」を盾に取っているのです。もちろん総理も分かっておられるはず。だから敢えてうかがいたいと思うのです。

僕は個人的に靖国神社は日本人として大切だと思っています。個人的に参拝もします。しかし先の大戦で、自分たちは日本国による一方的な被害者だと信じ、反日教育を国民に施してきた国の視線に立てば、わざわざサインを送っているのにそれを無視して、日本の総理が参拝をする姿は確かに喧嘩を売ってるように見える。

総理、もしも喧嘩を売るのなら国民の理解も得てくださいよ、と国民の一人として言いたくもなる。総理が一人で喧嘩をするわけではないですからね。国民も巻き込まれるのですから。

ま、そこまで言うと穏やかではないが、中国も韓国も、それぞれ国内世論向けのパフォーマンスとして、また外交カードとして「靖国」を持ち出してくるのだということは誰でも知っている。そんな分かり切っている手を用いる相手に、わざわざこちらから毎年「責めてくださいカード」を贈る理由が分からない。

マゾですか？　と聞きたくなるくらいです。

他国の国内世論まで巻き込んで騒ぎにしなくとも、日本のために死んでいった人々への感謝を誰もが納得する形で表す方法はないのでしょうか。

わざわざ喧嘩を売るようなことをするくらい突っ張るのなら「日本は謝罪していない」と文句を言ってくる国に対しても、もういい加減にきちんとすればいい。

日本が謝ってないなどというのは間違いです。

日本は幾度もちゃんと謝っています（誠実だったかどうかは別ですが）。

それに確か中国も韓国も「水に流す」と言ってくれた筈です。

なのにまたそういうことを言い出すのは、何らかの要因が我が国にもあるのだろう、と謙虚に我が身を考えてみるのもいいでしょう。しかしその上でやっぱり相手が間違っていると思うなら、心を尽くして何故間違っているかを説明しなければダメです。

しかし謝罪というのは難しい。

よく小さい子供が親に「謝りなさい！」と叱られて「さっき、ごめんと言った!!」と言い返したりしますが、これは謝罪ではない。謝罪の言葉を口にしたに過ぎないのですね。相手に「もう分かったよ。君はちゃんと謝った」と言われて初めて謝罪が成立する。これが「義」です。

かといって相手にも同じ質の「義」が無ければ、際限なく謝り続けることになる。ここのところこそが外交では最も重要で難しく、しかし腕の見せ所にもなるのです。

先の戦争の責任、というなら、日本だけに全ての責任がある、というのも言い過ぎです。また、旧日本軍が暴走して戦争を始めた、などとぬけぬけという年寄りがあるが、それは全くの嘘です。軍だけが勝手に戦争をする国などどこにもありません。

国民がみんなで始めた戦争なのです。

イラク戦争はアメリカの軍だけが始めたのですか？　そんなはずはない。アメリカ国民も賛成しました。議会で承認もしました。

そうでなければ戦争なんて出来るはずがないのです。

日本は、戦争に負けたのでその責任を取った人がいる。それが戦争犯罪人、いわゆる戦犯という人たちです。負けなかったら、おそらく裁かれなかった筈の人々です。

その証拠に勝った側は誰一人裁かれていない。

原子爆弾ですら、「正義のため」「戦争を早く終わらせ犠牲者を少なくするため」投下された、とアメリカ人は今でもそう信じているのです。

広島・長崎であっという間に三十万人も殺戮したのにです。もっとも、原爆だけが兵器ではない。原爆を使わずとも東京大空襲でも十万人、横浜でも一万人以上が一晩で殺されています。

力関係とは、残念ですがそういうものです。

なにしろ歴史上、戦争で負けた国が裁判にかけられ、戦争責任を問われ、裁かれたというのは、「ニュルンベルク国際軍事裁判」のナチス・ドイツと、「東京裁判」の日本だけですから。

さて、ではもしもイラク戦争でアメリカが負けていたら、裁かれたのはフセインではなくブッシュだったでしょうか？　いえいえ、それはないでしょう。

ベトナム戦争で実質アメリカは負けたのに、戦争犯罪人として裁かれた人がいない理由を考えればよいのです。そうです。裁判が行われなかったからです。何故裁判が行われなかったのでしょうか？　もうお分かりですね。国際社会では武力はすなわち発言力という側面があるからです。だからアメリカはほうほうの体《てい》でベトナムから負けて逃げ出したのに、世界から責められない。

アメリカが悪い、と心の中で思っていても、武力が背景にあるからみんな思ったことが言えないのです。

力の強い奴の言いなりになるのですか？　腕力の強い奴が一番発言力があってよいのですか？

日本のように、ある程度教育の成熟した国の中ではそういう論理は否定されそうですが、国際社会というものは実はもっと未成熟なのです。

ですから力のある者が正義を振りかざすのです。

もちろんこれは「義」とはほど遠いものです。

僕はアメリカ人の陽気さも、アメリカ文化の包容力の大きさも大好きなのですが、こういう政治的な力任せのところだけは、大嫌いです。

しかし残念ながら、国際社会の中では、こういう「力」が強い発言力につながるということを、日本の国民はもうすこし理解するべきでしょう。

さて、靖国に祀られている人たちは、日本のために死んでいった、或いは死なざるを得なかった人たちです。それだけは間違いない。そういう日本の礎、恩人たちに敬意を払わずないがしろにするなんて、それは「不義」です。

中国や韓国が靖国に敏感な理由には、明治以後、時の我が国の為政者たちが「神道」という土着の宗教思想を「天皇制を固め、強調し、国民を説得する」ために利用したことが大きく関わり合っています。

徳川幕府からの価値観の転換方法としてならば、これは「見事」です。

本当は中国や韓国の政治家はみんなそんなことは分かっているのです。

しかし切り札として使えるものはドンドン使う。これも政治力です。

だからといって天皇制そのものに触れたら、日本人が本気になってしまうことも知っています。だからそこまでは触れてこない。

この辺が外交の肝なのです。

元来神道の根本的な考え方というのは、先祖信仰に根ざす部分が多いですから、悪人であれ善人であれ、死んでしまった者は男はみな尊《みこと》という神さまになる。女性なら媛《ひめ》という神さまです。

こういう考え方は他の国の人、殊に一神教の人には理解できないでしょうね。しかし『日本書紀』を読んでみると、禍々《まがまが》しい力を誇った素戔嗚尊《すさのおのみこと》ですら神さまなんです。禍々しき神、というのを受容するのが昔からこの国に住み暮らす人々の「生命」に対する敬意の表し方、考え方なのです。

ですから死すれば神、という考えにのっとるなら、戦争犯罪人だとか、殺人犯だとか、そういうことまでも関係ないというわけです。

だから、諸外国に向かって、「あなたの国の習わしとは馴染まないかもしれないけれど、この考え方がこの国に住む人々の昔からの習わしである。でも、だからといって先の戦争を肯定したり美化したりするようなことはしない」と、繰り返し繰り返し何十回でも何百回でもそう説明しなければならない。

政治家が既に日本語が下手なんですね。理解もしていないから説明できない。国会答弁なんか、何を言ってるんだか分からないことが多くないですか?

日本人が聞いても分からないのに、外国にきちんと日本を説明できるのか不安になります。

心を込めて説得できないはずです。

本当の国際人とは

国際人というのは、外国語が堪能な人だと勘違いされてるみたいですが、全然違う。日本という国と文化をきちんと外国に説明できるのが国際人です。前章の例で言えば、小泉八雲は、紛れもなく国際人です。残念ですが英語が喋れるというだけで、日本のこともよく知らず、日本語の下手な日本人が多すぎる。

「国とは国語なり」という言葉がありますが、まさにその通りですね。これは、フランスのシオランという思想家の「祖国とは国語」という言葉が元になっているそうですが、僕は山本夏彦さんの『完本　文語文』という本で知りました。

自分の国をきちんと説明することができないなら、その国は無いも同然、ということです。

歴史認識も同じことが言えます、ちゃんと勉強しましたか？　と。

この前びっくりしたのは、ある青年に、「太平洋戦争って教わったか？」と聞いたところ、「ああ、日本が何か悪いことして、アメリカに怒られたんでしょう」と答えたことですね。

「お前いくつだ？」と聞くと、「二十九歳です」と。

「東条英機って聞いたことあるか？」「日本のフセインみたいなものでしょう」と、こうくる。

呆気にとられましたが、更に驚いたのは、これは特殊な例じゃないらしい、ということです。

今の教育はそれ程曖昧になっているらしい。太平洋戦争に関しては、ひたすら「反省しろ。とにかく謝れ。日本は悪いことをした」と。

若者は混乱しますよね。だから、中国や韓国に対しても、「なんで謝ってばかりなんだ」と憤る若者と、「日本はとにかく悪いことをした。申し訳ない」と思っている若者とに二極分化してしまう。

バランス良く理解している人間が非常に少ない。

今の学校の歴史の授業は、現代史は教えていないんです。教科書でも、昔のことは細かいことが山ほど書いてあるのに、近現代史はさらっと流してあるだけ。昔のことも大事だけれど、今につながるこの数十年は、もっともっと大事でしょう。そこを教えないで逃げるから、日本史や世界史の年号には詳しいけど、先の戦争や日本とアメリカの関係は何も知らない若者が育ってしまうんです。

第十章　徴兵を許すのは誰か？

あなたの不安は何ですか？

四方を海に囲まれていますから、日本人は「国境」の重みを余り感じないようです。隣国と地続きの国に比べれば「独立」という言葉の重みもまた違う筈です。隣国に蹂躙《じゅうりん》され続け、或いは互いに血を流しながら「国」を守り、作った人々とは随分「国」に対する思いや価値も違う筈ですね。中国や韓国と日本との「歴史認識に対する温度差」はこういう環境の影響も大いにあるでしょう。

一方で海という見えない壁によって「隔離」されたことは日本に独自の文化を生み出す要因にもなりました。これは別の意味で凄いことです。一つの国の歴史や文化を一万年も遡ることが出来る国は貴重で珍しい。僕たちはずっとそこで暮らしています。もっと誇りを持って良いことですね。

しかし欠点も沢山あります。徳川幕府による二百数十年の独裁を持ち出すまでもなく、人々はずっと階級制度に押し込められて来たから、「お上」には「ご無理ごもっとも」と服従しなければ怖いという恐怖心が、僕らのＤＮＡに「刷り込まれて」しまったのかもしれません。武家政権とは分かり易く言えば軍事政権です。武器を持つのは武家だけですから、丸腰の市民は逆らえない。ですから服従の果てに、「お上」に従えばどうにか生きられるといった、あきらめにも似た安心感まで刷り込まれたようです。

「闇市」や「闇米」はもはや死語ですが「闇取引」などで言う「闇」は、「お上」に対する遠慮や恐怖心からくる「後ろめたさ」の現れなのです。たとえば自動車を運転中にパトカーが現れると、別に何の違反もしていないのに萎縮したり、「裁判」と聞いただけで緊張したりすることがあるのは、もしかしたらその影響ではないか、というのは考えすぎでしょうか。目先の権威に弱いこと、他国が遠いので自他を比較できず、視野が狭くなることなどは、この国の大きな欠点の一つでしょう。「お上」頼りで生きてきた長い時間は、国民自身が自らの視野を広め、自らの意志で国を動かしてゆくという「自立心」まで削いでしまったのかもしれない。

力を持つ人に盲目的に従う方が「楽」だという考え方は危険です。それは自ら切り拓かねばならない筈の「未来」へ、自ら目を塞ぐことになるのだと気づくべきでしょう。

今不安はありますか？　それは生活のことだけですか？

たとえば「日本国」という私たちの国の未来を思うことはありますか？

もしもその未来が不安なら、あなたは舵も帆もない船に乗せた自分の子供たちやその子供たちを、その不安の海に、平気で送り出すことが出来ますか？

もしもこの日本を愛するなら、国際的なスポーツの場だけに愛国心を発揮するばかりではなく、もう少し真剣に日常のこの国の「未来」を思ってみませんか？


僕はこの国の未来が少し不安なのです。

自衛隊海外派兵の先にあるもの

ちょっと考えれば、不安なんていくらでも思いつく。

例えば、自衛隊のイラク派兵を考えてみましょう。

元々アメリカが中心になって作った日本国憲法の第九条には、二度と戦争はしません、だから武力も持ちません、とある。にもかかわらず「警察予備隊」という名目で軍隊を作った。ならばこのときに憲法を変えれば良かったのです。しかし憲法にさわることは（政治家にとって）タブーでしたので放っておかれたというわけです。そのうち自衛隊の存在は強固になり、ますます辻褄が合わなくなってきたのです。

それでもまだ国は憲法にさわれない。それで強引に「解釈」という逃げ道と「自衛隊法の改正」で誤魔化したのです。

実際、合憲違憲を曖昧にしてきた自衛隊に、アメリカが急に力を貸せというからといって「君たちだけが頼りだ。頑張って国のために命をかけて来てくれ」と、どの面下げて言えた義理でしょうか。

これが僕の不満の根本です。もう一つは、「自衛隊」という呼称です。「セルフ・ディフェンス」ならば国を出てはいけない。だからといって開き直り、防衛庁を防衛省に格上げして自衛隊を国防軍と呼びます、なんてやり過ぎです。

この国では、すこしばかり後ろめたい感じで軍備をするくらいが丁度良いかもしれない。言っておきます。軍は単独では行動出来ません。シビリアンコントロールという抑制があるからです。

しかし僕はその「シビリアン＝政治家」が信じられない。

鍵を持つ人が信用できなくてはその金庫に大切なものは預けられない。

それは日本の平和、という宝物です。

三つ目の不満は国民がこのことをきちんと考えたり理解しようとしない、ということです。政治家には都合がよいのでしょうけれど。


さて、その自衛隊がついにアメリカの脅しに屈してイラクへ行きました。国民は、一応反対しながらも、自衛隊を海外に派遣することを了承してしまった。法案を通した国会議員を選出し、次の選挙でも当選させてしまったんですから、それは認めたことと同義ですね。

私は反対した、と言うのは言い逃れです。国会でもう通ってしまった。

七〇年安保を体験した人間としては、この時点でもう想像を超えています。「自衛隊の海外派兵」なんて、考えもしなかった。万が一そんなオソロシイことを口に出したら、粛清されちゃうような勢いでしたからね。当時の言葉で言えば、「総括」ですか。

僅か三十年前の常識が反対に向いたのです。

ところでこれは「日本軍の参戦」なのだ、と理解していますか？

イラクでの自衛隊は「多国籍軍」の中で活動している。この事実を国民の何割が認識してるんでしょう。対外的には、「日本軍」として派遣されたってことです。海外では、「ジャパン・アーミー」と呼ばれているわけですからね。セルフ・ディフェンス（自衛）とか誰も理解していない。

自衛軍が海外に出て行くのは、やはり矛盾です。

多国籍軍に居ながら、他国の軍隊に守られている軍隊というのもおかしなもので、おそらく歴史上類を見ないでしょう。

国の面子だけで考えるなら恥ずかしい話です。

湾岸戦争のときは、お金だけ出して「金さえ出せば良いと思っているのか」とアメリカに嫌われた。今回はもっと誠意を見せろというので、人間が出張ったわけです。格好いいところを見せよう、と思ったんでしょうが、却って格好良くないですよ。

金だけ出して兵隊は出さない。そんな難しいことを、前回は実行出来た。なのに、なぜ今回は出来ないのか。外国から蔑まれてもいいじゃないですか。これが日本です、と胸を張ればいいんです。どうあっても外国での戦争には荷担しません、と言い張れば、それが格好良いということでしょう。

どれほど嫌みを言われても、それを五回、六回と続ければ、日本はそういう国だとたとえ渋々でも認めてもらえたはずです。

中途半端が嫌なのです。


かといって僕は国防のための武力を否定する気にもなれないのです。

これは矛盾です。戦争をしてはいけない、と言いながら武力を持つ、ということなのですから。しかし戦争の抑止力としての武力、分かり易く言えば、あいつにちょっかい出したら怖いぞ、という意味での武力は残念ながらあと最低百年は必要かもしれない、と思うのです。

いずれ戦争は必ずなくなります。それは歴史が証明しています。

あの血で血を洗う歴史を持つヨーロッパが、ＥＵという共同体として一つになろうとしているのですから。しかしそういう平和教育の行き届かない現在では、降りかかる火の粉を払う程度の力は必要なのです。

しかし一方で「自衛隊の海外派兵」と聞いたとき、僕には徴兵制への道が見えた気がした。遠くに見えていただけの「徴兵」という離れ小島へ、細いながらも橋がかかってしまったのです。

大袈裟な話じゃないんです。考えてみて下さい。こうしてこれから何度も自衛隊が危険な場所へ行くことになれば、命を落とす隊員が出るかもしれない。

となると、自衛官のなり手は減少していくはずです。

「死にたくない」と、現役自衛官も辞めていくかもしれない。

それは当然の考え方だし、責められないと思う。

ただ、そうなると、国の護《まも》りは出来ない。

しかし、有事に自国を護れない国は独立国としてはやっていけないわけですから、綺麗事をいくら並べてみたところで、防衛のための武力なしでいられるわけがないんです。

国は護らなきゃいけない。けれど、自衛官のなり手はない。

そうなったら取るべき方法はただ一つ。

徴兵です。

そんな馬鹿な、と思うかもしれない。でも、三十年前には思いもしなかった「自衛隊の海外派兵」が、現実に起きているのです。

国民みんなが納得して同意するなら、それは悲しいが仕方がない。

でも、その時が来て「知らなかった」や「なんで教えてくれなかったんだ」なんて言わないで欲しいんです。

なぜなら、よく考えれば分かること、だから。

日本は、世界で唯一の被爆国でもあるのに、戦争について考えて来なさすぎた。考えないように、教育されてきてしまった。

だから、想像が及ばないんですね。過去から学んで、先々のことを予測すれば、例えばこんなふうにも考えられるんです。

いずれはアジアも一つの共同体になろうという時代が来るし、世界そのものが一つの世界政府になろうとする時代が来るかもしれない。

これは歴史を振り返ればたどり着く結論であって、極端に荒唐無稽な憶測ではないはずです。

だったら、今ここで命を落とす必要はないのです。しかも、わざわざ外国の戦場へ出向いて。だから僕は、今でも自衛隊は一兵たりとも、戦場へ送るべきではなかったと思う。

海外派兵に関しては、聞いてみたいことが沢山ある。

自衛隊が海外でテロにあったとしましょう。テロというのは、戦争行為です。ここで死んだ自衛隊員は、さて事故死なんですか、戦死なんですか、ということなんです。殉職、なんて甘っちょろい言い方は認めません。国として、どう対処するのかも、それで決まる。下手したら外交問題にもなるでしょう。

国民はそういうことをちゃんと考えて、覚悟を持って自国の軍隊を出兵してるのか、疑問に思えてならない。

だからこそ、僕らがきちんと認識して、考えていかなければならないんです。

「抑止力としての武力肯定」と「戦争絶対否定」という自己矛盾から解き放たれるためにはまず、我が国が「永世中立宣言」をし、国際社会から認めて貰い、それでもいざというときの武力としてはスイスのような「有事国民皆兵」という形が僕には望ましいのですが、いずれにしても夢のような話です。

自己矛盾と向かい合い、自分と戦ってゆくことにしましょう。

地球は子孫からの借り物

平和を守るというのは、力仕事です。

よく、日本人は水と安全は無料《ただ》だと思ってるなんて言われますが、平和の確保って実は大変な重労働なんですね。

家庭の平和を守るのだって大変でしょう。

頼りなくて生活力のないお父さんは言うに及ばず、生活力があるだけでもダメ。愚痴も聞いて欲しいし、子供の教育の相談もある。お隣がいわれもないこんな文句言って来た、とでもなれば、「何？　いきなり攻めて来たか？」みたいなものですよ。「オレの目の黒いうちは、変なヤツに指一本触れさせないから安心しろ」と言うのがお父さんの役割であり責任だと思う。

もちろん、力に訴えて解決するんじゃなく、できることなら八方丸く納めた方がよい。

この大きいのが国であるわけです。

仮に徴兵制が現実のものになっても、極端なことを言えば僕らの世代は関係ないんです。戦場に呼ばれることはないですから。

でも、「うちの孫が今年徴兵でね」「ああ、二年間、寂しくなるねえ」なんて話をまたさせるのでしょうか？

　まさかもう、万歳などと叫んで送り出すことはないだろうけれど、徴兵が当然の世の中になるのでしょうか。

　自分の問題じゃなく、自分の子供、孫、もっと先の子孫のための話なんです。


　ネイティブ・アメリカンのナバホ族に伝わる言葉に、こんなものがあります。

「地球環境は先祖から受け継いだものではなく、子孫から借りているものである」

　この言葉は海洋学者の奈須敬二さんの著作で知ったんですが、眼から鱗が落ちるとはこのことかと思いました。それまで、そんなふうに環境について考えたことがなかった。こんな考え方があるのか、と感動しました。

　みんなが、こんなふうに考えることが出来れば、もっともっと命を大切にするだろうし、それこそ、木の一本一本まで大事にできるんじゃないかと思います。

　よく、中年やお年寄りで、「自分たちは（先に死んでしまうから）いいけれど」というような物言いをする人がいますが、まったく逆なんですね。先に死ぬから後のことはどうでもいい、じゃないんです。先に死ぬからこそ、先に「借りを返す」順番になるからこそ、未来に恥ずかしくないようにしておかないといけない。元気なうちに、出来ることはやっておかないとダメなんです。

自分の子供や孫、それだけじゃなく、百年後二百年後も、人類が「地球は美しい星だ」と思えるようにしていかないといけないんです。

大したことが出来ないからといって、悲嘆に暮れることはありません。何が出来るかを考えることが一番大事なんです。

そもそも、平和を考えるというのは、そういうことから始まっているはずです。平和を守るための行動で、具体的に説明できるものは多くありません。むしろ、具体的になってしまっては遅いんですね。平和を回復するための行動が必要になるのは、平和がなくなってから、ですから。

では、平和なときは、どうすればいいのか。

簡単です。平和とは何か、どういうことをいうのかを、考えてみればいい。

平和への門番でありたい

僕は、毎年八月六日に「夏　長崎から」と題して、野外コンサートをしています。もう今年で二十年目になりますが、そのとき、お客さんに一つだけお願いをしてきたんです。

「このコンサートが終わるまでの間に、ほんの僅かな時間でいいから、あなたの一番大切な人の『笑顔』を思い浮かべて欲しい。そうしてその『笑顔』を護るために自分に何が出来るだろうか、ということを考えて欲しい」と。それが「平和」への第一歩だと思うんですね。

僕は長崎という被爆地で生まれた。あの戦争が何をしてきたかは叔母が教えてくれたし、生まれた家の庭を掘ると、人骨がざくざく出てきたなんて話を父や母から沢山聞いてきた。だから、そこを無視して通ることはできないんです。

でも、だからといって自分の考えを声高に言うつもりもないし、分かってくれよと押しつける気もない。やりたいことはシンプルで、広島の日に長崎で唄を歌う、それ以上のことをしようとは思わない。イベントに思想性を持たせようとも思わないし、平和についてステージで長々と喋ることもしません。

広島の日に長崎から歌うことについては、色々なことを言う人がいました。ぬるい、と言う人もありました。でも、市井に暮らす普通の人にとっては「大切な人の笑顔を護るために考える」ことだけだって、大変なことなんです。普段の生活の中で、なかなか意識できないことです。

このコンサートを通じて僕は、「門番になる」と決めた。「平和を考える入り口」に立つ、門番です。「平和とはなにか」を考える広場があって、そこの門に立ち、呼び込みをしているオジサンです。炭坑のカナリアの役割としては、これで十分なはずです。

元々、平和の形なんて人それぞれで、万人が共有できるものではありませんし、強制したらその瞬間に平和は形を変えてしまいます。

それで不安はないのか？　と問われれば、まったくないとは言えません。自分の気持ちは届いてるだろうか、と思わないでもない。

でも、想いはちゃんと伝わるんですね。そのコンサートの打ち上げの席で、第一回からボランティアをしてくれている長崎県の職員のスタッフがこんな話をしてくれました。

開演前に席を探している二十代の若い母親と三、四歳の小さな子供がいた。たまたま移動中だったスタッフが、偶然並んで歩く格好になったんだそうです。

そのとき、小さな子供が、

「お母さん、なしてこんなに一杯人の居《お》ると？」

と聞いた。彼は別に盗み聞きしようなんて気持ちはないのです。でも、そういうときに若いお母さんがどんな風に説明するかはスタッフの一人として気になるじゃないですか。で、彼は何気なく耳をそばだてていた。

若いお母さんは、

「今日はね、平和を考える日だからよ」

と答えたあと、今度はしゃがみ込んで逆に子供に尋ねた。

「平和、ってどういう意味か分かる？」

「わからん！」
三、四歳の子供なら、当然ですよね。そうしたら、お母さんはこう答えたというんですね。
「こんなに沢山の人が集まって、良い音楽を聴くことが〝平和〟なのよ」と。

その話を聞いて、彼は泣いた、といいます。僕も涙が出た。

頑張ってきて良かった、と心から思った。

こういう若い親子が増えてくれれば、僕がここで色々と心配しているようなことは無用になるでしょう。そうなって欲しいな、と思います。子孫に地球という「美しい星」を残したいですからね。

第五部　時間の秘密

第十一章　未来はどこへ続くか？

これまで、随分とネガティブなことも話してきましたが、敢えて厳しいことや辛辣なことを言ってきたのは、決して日本が嫌いだからじゃないんですね。

むしろ好きだからこそ悩み苦しんできたのです。

残念なことに、今はこんなふうになっているけれど、それでいいんですか？　みんなもっともっとやれるはずじゃないんですか？　と、そんなことが言いたかったんですね。

ただ、今まで話してきたことはあまりに多岐にわたり、ある意味では漠然としている。「綺麗事」だとか、「口先では何とでも言える」とか、そんなふうに思う人もあるでしょう。

だから、最後にちょっとだけ長い話をさせて下さい。これは、僕の話です。自分のことを話すのは、みっともないし気恥ずかしいけれども、この本を作ろうと思った理由を分かってもらうには、それが一番だと思うんです。

加山さんがいたから

第十章でもお話ししましたが、僕は八月六日の広島の日に、「夏　長崎から」と題して、もう二十年も野外コンサートをしています。

そして今年二〇〇六年、二十回目を迎えるに当たり、このコンサートをやめる決心をしました。

このコンサートは、僕が中国に映画を撮りに行って元手をかけすぎて二十八億円も個人で借金をした、その、一番苦しいときに始めたんです。

あれから二十年がたち、理解してくれるスポンサーも増え、黒字ではないが、ほとんどとんとんというところまでやってきた。そこで思ったのです。俺は一体あの苦しいときに何故一回三千万円も赤字が出るようなコンサートを始めたのだろうか、と。あのときそうまでして伝えたかったことは、いったい何だったのか、また俺の心の切っ先は錆びていないのか、心の温度はぬるくなっていないのか。それを確認する一番の方法は「現場を離れる」ことだろうと思うからです。

十分に伝えた、と思えばそれでよいし、まだ足りないと思えば、いつでもまた歌い出せる。自分の温度を確認したかったのです。

さて、そこに、加山雄三さんが、ゲストとして十年も連続で来て下さっている。僕が、夏に長崎で歌ってることは前からご存知でしたが、実際一度いらしてみて、何万人ものお客さんが聞きに来てくれているのに感動し、「お前が『来なくていい』って言うまで、オレは来続けるからな」と、それから毎年来てくれている。ノーギャラの完全なボランティアです。

十年前、加山さんが初めて来てくださり、「ワカダイショー」と紹介したときのことを覚えています。上手袖から加山さんが満面の笑みでステージに登場したとき、僕はほろほろ涙がこぼれて止まらなかった。

様々な苦しかったことを思い出したのでしょうか。

もっともっときつい挫折を経験された方は多いでしょうが、僕なりのささやかな傷跡を、その時僕の心がたどったからかもしれません。

というのも、僕が今こうして歌っているのは、加山さんがいたからなんです。

僕は、三歳でヴァイオリンを習い始めました。小学生の頃までは、ヴァイオリン少年として非常に有名だったんですよ。毎日学生音楽コンクールの西部大会で二年続けて入賞したり、長崎市民音楽祭にゲストとして呼ばれるような小学生。地方ですから、かなりちやほやされた有名な子供だった。

そして将来を嘱望され、ヴァイオリン修業のため、中学校から下宿生活で単身東京へ出たんです。

東京で暮らし始めて、中学二年のとき、加山雄三さんのブームが起きた。それで僕は、初めてギターという楽器を手にしたんです。もちろん、自分のギターなんかないし、買うお金もないですから、下宿のお兄さんが持ってたギターを借りた。そのお兄さんはチューニングの仕方も知らないのに、なぜかギターを持っていて。でもチューニングの仕方なんて、「平凡ソングブック」とかに書いてある。僕はヴァイオリンをやっていたせいで絶対音があったから、本に書いてある通りにやってみたら、自分で調弦もできた。

また、ヴァイオリンで鍛えた指があるから、初心者がつまずきがちな大バレーコード〝F〟なんてコードも、いきなりクリアな音で弾けてしまったんです。

その日、当時大ヒットしていた「君といつまでも」を一日中弾いているうちに、コード進行を覚えました。ヴァイオリンのような「単旋律楽器」をやっている者は、和音を聞くと、その中から無数のメロディを想像したり、引っ張り出したり出来るものなのです。それで「君といつまでも」と全く同じコード進行で適当に作曲をしてみたんです。詞までつけてね。ギターを初めて持ったその日のことです。

翌日、その作った曲を親友の「範ちゃん」に聞かせに行ったら、「昨日生まれて初めてギター弾いたやつが作曲してきた」って涙を流さんばかりに感動して、「おまえ天才だよ」なんて褒めまくってくれた。

それでまたその日に、「君といつまでも」と同じコード進行で全く違う曲を作って、翌日また範ちゃんに聞かせたら、昨日より感激してくれた。

それでまたその日に「君といつまでも」と同じコード進行の三曲目を作って、翌日範ちゃんに聞かせたら「他のコードはないのか？」と言われた。

これをコードな要求という、ってのはネタですが。このときから曲作りを始めたのです。

「音が苦」から「音楽」へ

それまでも、人前でヴァイオリンを演奏する機会はありました。でも、「無伴奏パルティータっていうんだよ」って演奏してみても、周りの友達は「へえ、それって凄い！の??」とか首をかしげることはあっても、無邪気に喜んだりはしてくれなかったんですね。

ヴァイオリンは練習も厳しかったし、心のどこかでは、音が苦しいと書いて「音が苦」と感じてたところがあった。でも、ギターを弾き、曲作りをし、それを範ちゃんが喜んでくれたときに「音が楽しい」と心から感じられた気がします。自分はクラシックをやっているけれども、こういう別の楽しみもあるんだな、と初めて知った瞬間です。

もちろんあくまで本業はヴァイオリンでしたが、趣味として曲作りをするようになった。友達が失恋したと聞けば、思い出話をいろいろと聞いて、彼のために失恋の唄を作った。すると、僕の唄を聴きながら泣いたりするんですよ、「そうだったなあ、そうだったなあ」、なんて言いながら。しかし一泣きすると、少しずつ吹っ切れて元気になってくれる。

そういうことがとても嬉しくて、唄にはこういう力があるのかもしれない、と唄を作る楽しさを覚えた。だから、僕の唄作りというのは、昔から変わっていないんですね。誰々に元気になって欲しい、というプライベートソングなわけです。

そして、その基本は加山さんの唄にある。加山雄三という人の唄に出会わなかったら、こういう楽しみも知らないで過ごしていたのではないか、とさえ思います。

それまで順風満帆だったヴァイオリン人生は、音楽高校に落ちることで最大の挫折を経験しました。落ちたときは本当に信じられなくて、合格発表の掲示を見ながら、「これ、落ちた人の番号が出てるの?」と真剣に聞いたくらいです。

結局、中学浪人を避け、二次募集で國學院高校に合格して通うことになり、高校三年間の間に、ヴァイオリンをやめる決心をした。まず物凄くお金がかかる。家のことを考えても、そうそう甘えてもいられないし、今引き返せばお金は少なくて済むと思った。楽器だって、どんどん高い物が必要になる。腕は落ちてゆく一方だし、どう考えても、とても無理だなと諦めた。

それが十七のときです。僕は、ノイローゼになりました。

百八時間眠らなかった

自分でノイローゼになったことがあるから、僕はその感覚がよく分かる。時々、ああいうのは気の持ちようだ、とか言う人がいますが、違うんです。自分でもヤバイというのは分かってるんです。分かっていてもどうにもならないから病気なんですね。

ノイローゼにも色々ありますが、僕の経験した症状はまず基本的なところで、睡眠障害でした。

単純に、眠れなくなってしまった。夜眠れなくて、ずっと起きていても全然平気なんです。そうすると、普通は「寝なきゃ、寝なきゃ」と焦って余計眠れなくなったりするんですが、僕は有り難いことに根がプラス思考ですから、「寝ないですむなら、こんなに便利なことはない」と思ってしまった。寝てる時間を別のことに使えたら、色んなことができますからね。

それで、漫画を描いたり、小説書いたり、曲作りをしたり、本を読んだりと、とにかく一日が楽しくてしょうがなかった。夜一睡もしないまま学校へ行っても平気だし、不思議と眠いとも思わないんですね。

さすがに、ちょっと眠いなと思う瞬間もあるけれど、そんなときは五分とか十分授業中に寝ればスキッと元気になる。

どのくらい寝ないで大丈夫か試そうと思いました。毎時間、線を一本ずつ引いて、「正」という文字を作っていった。百八時間まで記録しました。二十四で割ると、四日半になります。漫然と丸四日は寝られなかった。


丁度「オールナイトニッポン」が始まる時刻でした。深夜の一時です。メインテーマを聞きながら、今夜は何して起きてようかなあなんて考えて、ふっと時計を見たら、次の瞬間四時になっていた。これ、自分の中では連続した時間なんですよ。ところが、実際には三時間経っていた。「え⁇　あれ、今寝てたんじゃないかな。なんだ、オレ寝られるんじゃん」と思って、布団に入って寝てみたんです。

いつも六時半に起きてるから、今からなら二時間半寝られるな、なんて思って寝たら、やっぱりいつも通り六時半にはぱっと目が覚めた。こんな状態でも、いつもと同じ時間に自然に目が覚めるんだ、人間の習慣って凄いなあ、なんて感動して学校行ってみたら、水曜日が木曜日になっていたんです。そう、丸一日飛んでたんですね。だから、二時間半じゃなくて、二十六時間半寝てた。

これで、「何だ、結局眠れるじゃないか」と吹っ切れて、睡眠障害は治りました。睡眠障害というほどじゃなくても、眠れないときって誰でもあると思います。そういうときは、こうやってずっと起きててみるのも手かもしれません。絶対に、いつかは眠れますから。

阿弥陀仏とはそも方便なり

そうやって、睡眠障害は克服できても、根本の悩みが解決するわけじゃありません。夜眠れるようになっても、ずっと鬱々として考え込んでいました。

ほとんど半年間もです。

三歳からずっとやってきた音楽を捨てる勇気は、なかなか湧くものじゃないんです。三歳なんて、まだ物心つく遥か以前でしょう。気付いたら僕はヴァイオリンを弾いていたし、極端なことを言えば、それ以前の記憶なんてなかった。

何とかしたくて、どこかにヒントはないかと、図書館へ行って哲学書を読んでみた。答えが書いてあるんじゃないかと思ったんですね。

ストア学派にはじまって、とにかく手当たり次第に哲学書を読んでみた。デカルト、カント、ショーペンハウエルから、そのころは七〇年安保前という世の中の事情から、『資本論』も読みました。読んではみたものの、『資本論』なんて長いだけで哲学書以上によく分からなかった。唯一分かったのは、マルクスはなんていい人なんだ、ということだけでしたね。いい人しかいない社会でなきゃ、共産制が上手く成立するわけがない、とね。経済的には理想だけど、人間が作る社会である以上、人間に欲がある限りは不可能だからこれは僕には無理だと思って、今度は宗教の中に答えを捜し始めた。

たまたま実家が浄土真宗だったから、親鸞からスタートしたのです。『歎異抄』ですね。でも驚いた。その中で、「阿弥陀仏とはそも方便なり」と言うのです。これは衝撃でした。

なんて合理的な考え方をする坊さんなんだろうと思った。そして、これは要するに幸福論なんだな、というのも分かった。それから法然を読んで道元を読んで、と進んでいって、今考えると一体どんな高校生なんだと思うけれども、結局何を読んでも結論は出ていない。

こういう本は「考えろ」とのみ書いてあるわけです。このときもう一つ悟ったのは、お釈迦様は「生きる苦しみ」という概念を発見した人なんだ、ということでしょうか。でも、それじゃあ僕の解決にならない。

自分の不安がなんなのか、それを発見しない限り何も解決しないんだ、ということに、ノイローゼ半年にしてようやく思い至ったんです。

さだ式、悩み解決法

何が不安で何が不満なんだろう、ということはそれまでもずっと考えてはいました。だから、今までと同じことをやってもダメだと思ったんですね。それで、大きな模造紙に思い付く限りの不満をずーっと書き連ねていった。

何が気に入らないとか、誰に腹が立つとか、自分のこういうところが嫌いだとか、あいつのココが気に食わないとか、とにかく何でもかんでも思うまま箇条書きにした。その日思ったことを、疲れるまで書く。

個人的なこともあれば、将来への不安もあります。ヴァイオリンやめて何になるんだとか、今更普通のサラリーマンになれると思ってるのかとか、何屋になりたいんだとか、夢みたいなことばっかり言うなとか、自問自答みたいなことをずっと書く。

で、翌日またそれを見直してみるんですね。すると、中にはもう怒ってないこともある。解決してることもある。解決したことは、マジックで消していくんです。これはOK、これはまだダメ、と一つ一つ確認しながら。そして、また今日の悩みをだーっと書き連ねていく。「あれっ、昨日も書いてるよ」なんていう、前の日とダブってる悩みには、○印を付けたりしながら。

それを繰り返していくと、最後には本当に重要なものだけしか残らなくなるんですね。そこで残ったものを眺めてみると、表現の差はあっても、根本的には「どうやって生活していくのか」、ということと、「自分は何のために生まれて来たのか、いかに生きるべきか」、という二点だけになった。

とどのつまりは、「私は誰？」ということになる。思えばこれって、哲学の基本ですよね。自分は一体何者なんだろう、という疑問。

それまでは、自分はヴァイオリン弾きなんだと思っていた。そう思っていれば良かったんです。何も悩みはなかった。そこに逃げ込んでいたと言ってもいい。ところが、音楽を諦めることで、その免罪符を自ら捨て去ってしまい、拠り所がなくなった。

そうか、結局「オレは何者か」ということに悩んでたんだな、ということが分かった瞬間に、十七歳の悩みすべてが解決したんです。

だって、そんなこと十七歳で分かるわけないんですから。

逆に、僕は理屈が勝っているから、今判断したら間違えそうだな、とも思った。だから、四十五歳、と希望を丸投げした。四十五歳の時に自分が何者か分かっていればいいじゃないか、と。そしてそれまではちょっと刹那的でもいいから、今面白いと思うことは全部やってやろうと決めた。そうする中で、自分というい い加減な生き物の正体が見えて来るんじゃないかと思ったんですね。

ただし、刹那的に生きていくうえで一番危険なのは、悪事に手を染めること。それだけには気をつけて、あとは自分の中の「面白い」という概念に忠実に、毎日を楽しんでみようと思ったんです。いや、楽しいだけじゃダメで、一所懸命苦しみながら楽しいのが大事なんだ、と。これはヴァイオリンの修業で身体に染みついてましたから、とりあえずこの方法でやってみようと思った。

そこで、今一番やりたいことは何だろうと考えたときに、まず思い付いたのが、仲間と一緒に歌ったり騒いだりすることだったんですね。七〇年安保のフォークゲリラの影響もあったかもしれないけれど、曲作りが楽しいと思っていたこともあって、それをそのまま続けていった。

朝八時から翌朝四時まで

高校を卒業してから、一応大学には入りました。学費は親が出してくれましたが、自分の勝手で音楽をやめてしまったわけだから、仕送りはいらないと見得を切って、生活費を稼ぐためにアルバイトを始めた。

板前というと聞こえはいいですが、近所の独身寮の人をあてにした一膳飯屋のアルバイトです。といっても、最初は皿洗いだけでいいからって話でした。おやじさんが一人でやってる店で、人手が足りないから皿洗いだけやりに来てくれ、というので始まったんですね。

夕方の六時から十二時までで、一日千円。バイト代も嬉しいけど、当時はご飯を食べさせて貰えるのが有り難かった。まかない、ってやつです。行けばご飯が食べられて、帰りにもご飯を作って貰える。しかも、夜食べて更にもう一食持って帰るのを許してくれました。つまり、ここだけで生活できる、食っていけちゃうんですね。朝、バイト先から持ち帰ったご飯を食べて、昼我慢して早めにお店に行けば食事にありつけますから。十分です。

そうやって一所懸命皿洗いしてたら、店のおやじさんが可愛がってくれて、包丁の使い方とか、料理の仕方を僕に教えてくれた。そうこうしてるうち、おやじさんの作れるものは全部僕も出来るようになって、魚まで捌《さば》けるようになった。

すると、「ちょっと悪いけど、明日は予約入ってるから早めに来てくれる？」なんて話になって、いつの間にか仕込みから片付けまで、夕方五時から夜中の三時まで働くようになった。

生活の心配はいらないし、バイト料は入るし、お客さんには可愛がられて酒なんかドンドン飲ませて貰って、で、これはこれで良かったんだけれど、今度は学校に行かなくなったんですね。そりゃそうです、毎日二時近くまで五合も呑んで仕事していれば、朝早く起きられるわけがない。

そうなると、そんな自分の怠惰さに腹が立ってくる。学校へ行っても、落研に顔出して先輩におごってもらうくらいで、授業なんてほとんど出ていなかったから、これじゃダメだと思った。

でも、これじゃダメだから学校に行こう、じゃなくて、これじゃダメだから中途半端に学校なんか行かないで働こう、と思ったんですね。少し変です。

しかしそのときは、学校行ってるより働いてる方が面白かったし、大学は八年かけて出ればいいと思っていたから、そんな思い切ったことが出来たんでしょう。

そこで僕は、朝の八時から夕方五時まで、リフォームの仕事を始めた。家の修繕ですね。雨樋《あまどい》付け替えたり、トタン屋根を葺きかえたり、ペンキを塗り替えたり。そういう仕事のアシスタントです。

五時までその仕事をして、すぐに板前のバイトに移って、お店にいると「まあ飲めよ」なんて飲まされる。夜お酒呑みながら二時三時まで働いて、部屋に戻って曲作りをして、四時頃にやっと寝たかなと思ったら七時半には起きて、八時には現場にいる。

そんな生活を半年もやらないうち、肝臓を壊しました。当然ですね。医者に行くと、当然「仕事休まないと死ぬよ」と言われるわけですが、仕事を休んだら食っていけないからこちらも死ぬことになる。ただ、僕の幸福は親がまだ元気でいてくれたことで、故郷へ逃げ帰ることができました。

ひょんなことから「グレープ」誕生

長距離列車で長崎駅にたどり着いてホームに足をおろしたとき、恥ずかしさに膝が笑いました。それはそうでしょう。小学校を出て東京へ行くとき、この駅を「旗を振るようにして」送られたのです。その子が音楽の道に挫折したうえに、酒で身体を壊して逃げ帰って来たのですから。

でも僕の両親は僕をなじりませんでした。いつもの帰郷の時のように「おかえり」と言っただけです。なじられた方が楽だったと思います。

実家に帰ってぶらぶらしていたら、高校時代の音楽仲間で、当時キャバレー回りのバンドのギタリストだった吉田政美がステージ放り出して長崎まで逃げて来た。それで他にすることもないから吉田と毎日一緒にギター弾いて曲作りなんかしていた。するると、人に聞かせたくなってくる。

そうしたら、長崎の大学に行ってる同級生から、「ちょっと学園祭に遊びに来いよ」

なんて誘われて、人前で歌うようになった。

そうこうするうちに、コンサートやろうかという話になり、コンサートに放送局の人が遊びに来て、そこからレコード会社に話がいってと、とんとん拍子に話が進んでデビューした。

幸せなことに、「グレープ」はデビューしてすぐに、「精霊流し」というヒット曲に恵まれた。でも、ヒット曲が出るということは、仕事が忙しくなるということでもあって、また以前身体を壊したときと同じ症状が出てしまったんですね。

そこで、「一年でも半年でもいいから休ませてくれ」と事務所にお願いしたんですが、「今休むと忘れ去られるから、頑張ってやってくれ」と拒否された。事務所だって元手もかかっているだろうし、そういうのが当然だ、と今なら理解できるのですが、あのころは若く、死にたくはない、という思いこみから、「じゃあ、やめます」ということで解散したわけです。

紆余曲折の音楽人生

そのとき、僕はこれで自分の音楽の道は絶たれたと覚悟しました。でも、半年休んでソロになった。

すぐに「雨やどり」がヒットして、その後続けて何曲も話題になった。このまま順風満帆にいくかと思いきや、最大のヒット曲である「関白宣言」で女性蔑視と言われ、「防人の詩」では右翼と呼ばれ、「しあわせについて」という唄では左翼だの日和見だのと言われた。自分では一貫しているつもりでも、周りは色々なことを言うんですね。

僕はお金のない青春を送ってきたので、好きな音楽でお金が入ってくると、何だか詐欺でもしているような気になる。それですぐに使ってしまうんです。

「精霊流し」の印税で長崎に墓を建てた。「無縁坂」やアルバム「三年坂」の印税をはたいて「さだ企画」という個人事務所を作った。「雨やどり」の印税で長崎に島を買った。そして「関白宣言」の印税で中国に行って映画を撮ったら大借金をした。

まあ、紆余曲折と言っても良いでしょうか。

でも、それらすべてがあって、今の自分があるのも確かなんですね。「人間万事塞翁が馬」という言葉は、僕のためにあるんじゃないかとすら思う。今になってしみじみと、「ああ、自分にはこういう音楽人生が待っていたのか」、と思えるのは、何だか不思議な気がする。負け惜しみじゃなく、ヴァイオリンは挫折したけれど、別にいいじゃないか、と素直に思える。

四十五歳になったとき

さてノイローゼから復活した十七歳のとき、僕は自分に約束したんです。四十五歳になったとき、自分が何者だか分かっていればいい、と。それまでは仮の人生だから好きにやろう、と。

それで好きにやった挙げ句、映画で作った借金があって、やめるにやめられない状況に追い込まれ、がむしゃらに働いて働いて生きてきた。四十五歳になったとき、ふと我に返るとまだ借金があって、「どうする？」と自分に問いかけてみた。

そのときの結論は早かった。「四十五はまだ洟垂れ小僧だから、六十になれば自分が分かるかもしれない」ということだったんですね。まあ、今となってはそれももうすぐなんだけれど、でもきっと六十になったら、六十だってまだ洟垂れだから八十で分かればいいや、って問題を先送りにしている気がする。

そうやって、重要な問題は先送りして死んじゃえばいいかな、と思えるようになってきた。

これからも挫折はあるだろうし、いいことばかり続かないのも覚悟している。死んだ方が楽だと思ったことは何度もあるけれど、でも死にたいと思ったことは一度もない。神さまが要らないと言うまで、生き続けようと思っている。だから、コンサートなんかでよく言うんです。万が一「さだまさし自殺」という記事が出たら、それは絶対に他殺だからねって。どこかに必ず犯人がいるからって。

もしも昔に戻れるならば

長々と自分の話をしたのも、全部冒頭の加山さんの話に繋がるからなんですね。なぜ、加山さんが歌っている姿を見て涙がほろほろ出てきたか、という話の続きです。

僕は、もう春過ぎれば五十四歳ですから若い頃とは身体の動きもだいぶ違う。ああ、若いってのはちょっとうらやましいかな？　と思わないでもない。

でも、若い頃に戻してやる、と言われたら断ります。

あの青春の苦悩をもう一度歩くなんてまっぴらだ。

ただ、あの何も持たず、明日も見えず、腹を空かし、汚くさい身体で、それでも何かしら未来へのファイティングポーズを崩さなかった、あのガキんちょの僕に会いに行きたいな、と思うことはある。

あの頃の自分に言ってやりたいことがあるんですね。

「とにかく一所懸命頑張れ、何だか分からなくてもいいから、頑張ってみろ。そうしたら、将来、お前の憧れの、あの、大好きな加山雄三が、お前のためにわざわざ長崎までしかも只で歌いに来てくれる日が必ず来るぞ」と。

さて、もしそんなことが出来たとします。その時もしあなたが当時の僕だったら、と想像してみてください。信じられますか？

信じられないと思います。

そうなんです。覚えておいてください。

「未来」という時空間は「今とても想像も出来ないような〝素敵なこと〟が起きる可能性のある時空間」なのです。

今どのような悩みや苦しみを抱えていたとしても、たとえ幾つになっても、〝明日〟という今日が来る限り、「未来」には今日想像も出来ない素晴らしいことが起きるのだと信じてください。

そして、過ぎ去ってしまった時間である過去は、もう変えられないと思っているかもしれないけれど、未来が変わることで、過去も変えられるんです。事実は変わらないけれども、過去の持つ意味は劇的に変わっていく。

それが生きるということであり、生命の不思議さ、尊さなのです。

頑張れ生命！

さだまさし　1952(昭和27)年長崎市生まれ。歌手。73年フォークデュオ・グレープとしてデビュー。76年にソロとなり、数々のヒット曲を生み出す。近年は小説家としても活躍中。

Ⓢ新潮新書

161

本気《ほんき》で言《い》いたいことがある

著 者　さだまさし

2006年4月20日　発行
2007年3月10日　11刷

発行者　佐　藤　隆　信

発行所　株式会社新潮社

〒162-8711　東京都新宿区矢来町71番地
編集部(03)3266-5430　読者係(03)3266-5111
http://www.shinchosha.co.jp

印刷所　株式会社光邦

製本所　加藤製本株式会社

© Masashi Sada 2006, Printed in Japan

乱丁・落丁本は、ご面倒ですが
小社読者係宛お送りください。
送料小社負担にてお取替えいたします。

ISBN978-4-10-610161-8 C0236

価格はカバーに表示してあります。

Ⓢ新潮新書

162 ひらめき脳　茂木健一郎

163 池波正太郎劇場　重金敦之

164 日本共産党　筆坂秀世

083 考える短歌　作る手ほどき、読む技術　俵　万　智

063 仏教と資本主義　長部日出雄

ひらめきは天才だけのものじゃない！　ひらめくとなぜ脳が喜ぶのか？　ひらめきを生み易い環境は？　0.1秒で人生を変える、ひらめきの不思議な正体に、最新脳科学の知見を用いて迫る。

再読どころか何度でも読み返したくなる池波作品。躍動するキャラクターとそれを描写する「ことば」の魅力を存分に味わえる、初心者にも愛読者にも楽しめる当代随一の人気作家読本。

党財政三〇〇億円の内実は？　宮本顕治引退の真相とは？　鉄の規律、秘密主義。今も公安警察の監視対象であり続ける「革命政党」の実態を、党歴39年の元最高幹部が明らかにした！

現代を代表する歌人・俵万智が、読者からの投稿短歌を添削指導。更に、優れた先達の作品鑑賞を通して、日本語表現の可能性を追究する。短歌だけに留まらない、俵版「文章読本」。

資本主義のルーツは日本にあった！　経済を発展させたキリスト教の「天職理念」を、その八百年前に実践していた僧侶がいた。日本の底力を発見し、感嘆する一冊。